JN088470

日に日にカジュアルダウンする著者(→P24)

11月半ばのシカゴ。着こんでも寒い。これ以上、どうしていいか分からない(→P46)

コーチとディズニーがコラボして作ったディズニーリュック
(→P58)

明らかに浮かれている著者(→P59)

暑い、乾燥している、何もない(→P78)

デスバレー国立公園(→P77)

イエローストーン国立公園の様々な色の温泉。温度によって生息できるバクテリアが異なるため、色の違いが出る。意外なことに、下の水色の温泉のほうが高温（→P81）

完全装備でいざ乗船（→P90）

（→P81）

イエローストーンの滝（→P88）

アメリカ滝(→P92)

愛用しているエルメスのVictoriaⅡ。
色はエタン、素材はトリヨンクレマンス（→P38）

ルイ・ヴィトンのポシェット・メティス。
数年前に世界的に流行したため、同じバッグを持っている人も多い。
すれ違うたびに同志を見つけたような気分になり、嬉しくなる（→P39）

右はシャネルのチェーンウォレット。素材はラム、ゴールド金具。
左は旧モデルの復刻版、シャネル2.55のラージサイズ。
素材はゴート、ゴールド金具（→P38）

ボストン公立図書館（→P165）

金松法然社近くの酒店で焼酎を買って祈願に向かう(→P198)

最終選考会の翌日、大山に登って祈願(→P197)

宮崎ブーゲンビリア空港にて。「アローラナッシーの顔はめパネル」という衝撃的なブースを発見。夫曰く「もともとナッシーっぽい顔だから、似合っているよ」とのこと。撮った写真を見ると、なるほど確かに……(→P200)

フジテレビのスタジオにて。「タイプライターズ～物書きの世界～」出演時。収録は楽しかったが、ガチャピンには会えなかった……(→P130)

帆立の詫び状
てんやわんや編

新 川 帆 立

幻冬舎文庫

帆立の詫び状　てんやわんや編

帆立の詫び状　てんやわんや編　目次

まえがき

はじめまして、新川帆立です。普段は小説家をしています。

２０２０年に第19回『このミステリーがすごい！』大賞を受賞し、２０２１年1月に『元彼の遺言状』という作品でデビューしました。

本書は、デビュー直後の２０２１年7月から２０２２年10月までの期間に書いた30本のエッセイを一冊にまとめたものです。

ありがたいことに、デビュー作の売れ行きがよかったため、多くの出版社から原稿依頼を頂きました。〆切に追われ、〆切を破り、本当の〆切はいつなのか、どのように言い訳をすれば編集者に許してもらえるのかを考える日々です。

精一杯原稿に取り組んでいる……という顔をしながら、いやしかし、旅行にも行きたいし、読みたい本もあれば、会いたい人もいる。言ってしまえば、遊びたいわけです。けれども、遊んでいることが編集者にバレると、「え、じゃあ、このあいだの原稿、遊んでて〆切破ったわけ？」と思われてしまう。それが怖いので、編集者に隠れてこそこそ遊ぶ。でも、楽しかったことは人に話したくなる。バレちゃいけないけど、人に話したい。そういうこと、ありますよね……。

原稿をお待たせしている編集者各位に謝りながら、楽しい「原稿外」ライフをお届けしようというのが、このエッセイ『帆立の詫び状』です。

この本は3章構成になっています。

といっても、もともと思いつくままに書いているので、全体としてはまとまりがありません。優秀な編集者が「これだ!」という3区分を見つけてくださって、無理やり3章に分けました。

第一章は「アメリカ逃亡編」。

2021年6月に、夫の仕事の都合で米国に引っ越しました。移り住んだアメリカでのあれこれを書いたパートです。

実は当初、夫一人をアメリカに送り出し、私は日本に残るつもりでいました。デビューしたばかりの大事な時期だから、日本で腰をすえて仕事に取り組んだほうがいいと思っていたのです。

ところが、デビュー作がよく売れたことで、多くの取材依頼を頂き、その対応をしたり、イベントに出たりしているうちに、すっかり疲れてしまいました。ただ、依頼を頂けるのは非常にありがたいことなので、なるべく対応したい気持ちもある。バランスのとり方に悩んでいました。

また、文芸業界の雰囲気というものにも、ちょっとビビっていました。作品内容だけでなく、発行部数、実売、刊行点数、文学賞受賞歴、出身新人賞、執筆速度等、様々な要素で作家はランク付けされています。ランクに応じて出版社からの扱いも変わるので、良い扱いを受けようと思ったら、文芸業界の「常識」や「不文律」に従ったほうがいい。けれども、本当に面白い小説、良い小説を書くというのは、業界内で優等生になるのとは、また少し違うんじゃないか、とも思います。

つまり、デビュー直後の私は、メディアや文芸業界といった外部環境との距離のとり方に迷っていたのです。

混乱の末、「もういい！　アメリカに行く！　あとのことは知らん！」と決意し、夫とともにアメリカに引っ越すことにしました。外部環境との距離のとり方が分からず、一旦、ドーンと目いっぱいの距離をとることにした、というわけです。

物理的に距離をとると、不思議と、精神的にも余裕が生まれます。デビュー直後の嵐から逃れて、のびのび遊びました。その記録が「アメリカ逃亡編」です。第二章は「あれもこれも好き」。

雑多な興味のもとに、あれこれと好きなことを語っています。

正直言って、このパートが一番不安です。読者さん、これ、興味ありますか……？　エンタメ作家としては、読者さんが楽しんでくれるのか心配です。つまらないと思ったら読み飛ばしてください。面白いと思ったところだけ読む。読書はそれでいいのです（と、言い訳しておきます）。

そして最後の第三章は「やっぱり小説が好き」。

「原稿外」ライフをお届けするというのがエッセイのコンセプトだったのですが、根が真面目（小心者？）だからか、結構な割合で、小説のことも書いています。一日24時間のうち14時間くらいは小説のことを考えているので、自然と小説の話が多くなってしまうのですね。

新人作家が直面する色んな「初めてのこと」に一喜一憂、てんやわんやしています。「帆立は裏でこんなに頑張っていたんだな」ということが伝わるのではないかと。

編集者各位は第三章だけ読んで、第一章・第二章のことは見て見ぬふりをしていただければと思います。

第一章　アメリカ逃亡編

米国式ワクチン接種

米国に入ってすぐにワクチン接種ができるよう、出国前にインターネットで予約していた。滞在場所のすぐ近くのコンベンション・センターが大規模接種会場になっている。

空きは十分にあったので、希望通りの日時でスムーズに予約できた。

予約日当日、いざ会場へ！

……って、あれ？　人がいない。

もともと会場は広い。国際的な会議も可能なスペースで、中学校の体育館4、5個分はありそうだ。入場者のためのレーンが蛇のように張り巡らされている。だが誰もいないので、立ち止まる待ち時間もなくひたすら歩く。ディズニーランドの空いているアトラクションに乗り込むときみたいだ。これだけ人がいないと誘導の仕事もない。会場中央の一段高い席に座った誘導員は、漫然とビッグサイズのアイスラテを飲んでいる。

人が少ないのには訳がある。マサチューセッツ州のワクチン接種率は米国の中でもトップレベルだ。すでに65％の人が少なくとも1回接種している（2021年6月現在）。今さら接種に行く私たちは、現地の感覚では乗り遅れ気味だろう。

待ち時間ゼロで受付に向かう。プリントアウトした予約票を差し出し（スマホの画面で見せるか、プリントアウトを持ってこいと予約時に指示があった）、IDとしてパスポートを示す。

受付の女性は途端に怪訝《けげん》そうな顔をした。

「予約……しているの？」

困惑の様子で予約票を受け取り、その確認に四苦八苦している。

もともと予約不要、ID不要、保険加入不要で、誰でもワクチン接種が可能だ。ホームレスの人や外国人がふらっと立ち寄り、ワクチンを打つこともできる。

きちんと予約して来場する人は珍しいため、職員のほうも予約票の確認の仕方が分からないようだった。

脇から男性職員が、

「予約票はいいよ。IDを確認するほうが早い」

と助け船を出した。

生年月日を問われ、本人確認をする。

「ファイザーとジョンソン・エンド・ジョンソンの2種類があるけど、どっちがいい？」

と問われ、私たちはファイザーを選択した。

受付後は希望するワクチンの種類によって、レーンが分かれている。

ファイザー用のレーンに歩を進めた。

レーンが分かれているが、どちらのレーンに行っても人は少ない。ファイザー用のレーンには、私たちの前に1人中年女性がいるだけだ。

接種を担当するために、10人弱の医師が待機している。だが来場者が少ないので、ほとんどの者が手持無沙汰で、他の職員と世間話に興じている。和やかな雰囲気だった。

事前の説明を受け、接種開始。一瞬チクッとしただけで、ほんの数秒で終わった。何かが入っている感触もないため、「本当にちゃんと打ちましたか？」と訊きたくなるくらい、あっけなかった。あとは15分待機して、終了だ。

待機中、ヒスパニック系の来場者のために、スペイン語通訳が呼び出される場面があった。スペイン語しか話せないヒスパニック系移民は多い。通訳がいるのは、言語がハードルとなって接種控えが起きないようにする配慮だろう。

終了後、接種情報が記載されたカードを受け取った。2回目接種の際に提示が必要となる。ただ、このカード、紛失する人が多いらしい。すぐにスマホで写真を撮り、接種情報の記録を残すよう、職員から何度も言われた。カード本体を紛失しても、画像データがあれば2回目接種が可能だという。

帰り際には、SNS用の写真撮影スポットや、記念缶バッチの配布もある。友達と誘い合って行ける気楽さだ。ワクチンを接種したことをSNSで報告してもらい、友人知人を誘引する狙いがあるのだろう。

ありきたりな感想だが、改めて感じるのは、システム構築のうまさだ。予約不要、ＩＤ確認不要の運用は、日本の感覚からすると大雑把すぎて恐ろしい印象もある。

だが、短期間でスムーズに大量の接種を実施するという目的にフルコミットしている。

また、特典を付けて接種に誘引するのがうまい。最大5億円超があたる宝くじの進呈（ニューヨーク州）、無料でワインを1杯進呈（ニュージャージー州）、大学の奨学金があたるくじを進呈（オハイオ州）など、様々な特典が用意されている。

決して合理的でも真面目でもない人間像を想定し、そんな人間でも参加したくなるような仕組みづくりがなされていると感じた。

現在、ボストン郊外で外を出歩く人のほとんどはマスクを着用していない。公共交通機関を使用したり、店内に入ったりする際はマスク着用が必須となる場合が多いので、マスクは皆持ち歩いているようだ。もちろんワクチン接種後も、マスク着用や手洗い実施など感染対策は引き続き必要だろう。だが、コロナ禍前の日常が戻りつつあるのを目にすると、胸がすく思いだ。

日本も数カ月後には同じような光景が広がるだろう。長いトンネルはあと少しで終わる。

日本では接種券をもらうのに行列ができていた時期に、アメリカでは予約不要で誰でもワクチン接種可能だった。あまりにスムーズに接種できて拍子抜けしたのを覚えている。何はともあれ、ワクチン接種とともに新生活が始まった。

エスニックフード万歳！

アメリカに来て3日目、私はウーバーイーツのメニューを凝視していた。

画面には Crazy Udon の文字。写真はない。タイ料理店のメニューの一部だ。

夫が保守的にパッタイを頼むなか、私の目はCrazy Udonに釘付けだった。逃してはならないと注文する。

届いたのは、焼きソバみたいなソース色をしたうどんだった。律儀に「おてもと」と日本語が記された割り箸までついている。食べてみると、チリソースで味付けされたピリ辛な焼うどんだ。ブロッコリーやベビーコーン、さやえんどう、玉ねぎ、ニンジンといったたっぷりの野菜とともに、豚肉まで添えられている。麺はもちもちと歯ごたえがある。悪魔的に美味しい焼うどんだった。

それにしても、どのあたりがCrazyなのかは分からない。だがCrazy Udonと名付けるセンスは脱帽モノだ。常人であればFried UdonやSpicy Udonなどと付けてしまいそうだ。私は小説のタイトルを付けるのが本当に苦手で、自分で付けたタイトルが通ったためしがない。Crazy Udonを見習いたいと思った（担当編集者さん、食事中も作品のことを考えていますよ……）。

新型コロナウイルス感染予防のため、入国後10日は自宅隔離が必要となる。監視は特にないので抜け出してもバレないのだが、一応守っていた。せっかく自宅にいるのだからウーバーイーツで様々な料理を試す格好の機会である。

早速、イタリア、韓国、タイなど、まずはメジャーどころの料理を試してみた。が、意外とこれらは日本で食べるものとそう変わらない。味はほとんど同じと言っていい。ただとにかく量が多い。


一方で、日本国内と圧倒的に異なるのがメキシコ料理だ。移民の中でもメキシコ出身者は30％弱を占める。町のスーパーやドラッグストアでも日常的にスペイン語が飛び交っている。自然とメキシコ料理のクオリティが上がり、一大ジャンルを形成することは想像に難くない。

日本ではマイナーなメニューにも頻繁に遭遇して、大いに興奮させられた。

例えばタキートスと呼ばれるものだ。見た目は春巻きみたいな棒状である。炙った牛肉とチーズをコーントルティーヤで包み揚げている。口に含むと外側はカリカリで、内側からジューシーな牛肉がのぞく。サルサフレスカ（トマトと玉ねぎ、唐辛子で作られる調味料）をのせて食べるとサッパリとした味わいになる。

どうでもいいことではあるが、私はトマトが大好物である一方、玉ねぎが苦手だ。サルサフレスカから慎重に玉ねぎを抜いて食べるのに苦労した。

ケサディーヤという食べ物もある。丸く焼いたコーントルティーヤを半分に折り畳み、その中に挽き肉やチーズを入れて熱したものだ。タキートスと味はそう変わらないのだが（なにしろ材料がほぼ同じ）、こちらは揚げてはいないので、全体的にやわらかくてしっとりしている。とろけるチーズと挽き肉をホクホクと味わう。

最近日本のコンビニでも見かけるブリトーは、直径が５㎝近くあってびっくりした。まるでカラオケのマイクの上のほうを握っている感覚だ。メキシコ米や肉、豆などがごちゃ混ぜに入っている（というか、詰まりすぎて食べながら漏れてくる）。そして食べ進めると急に出現するプランテン（料理用のバナナのような果物）。なぜかブリトーの端のほうにだけ甘く煮詰めたプランテンが入っていた。米や肉と連続して甘いものが入っていて面食らったが、食事のラストにデザートが出てきたような感覚で、これはこれで嬉しい。

そして入国後10日が過ぎ、ついに自宅隔離から解放された。待っていましたとばかりに、近くのブラジル料理の店へ。編集者に「何を食べたいですか？　何が好きですか？」と訊かれたら、私は必ず「肉と魚、つまりタンパク質です」と答えるようにしている。ブラジルと言えばシュラスコだ。浴びるように肉を食べようと勢い込んで入店した。

席に着くと肉がどんどん出てくる。ちょっと、これは予想以上に出てくる。数分おきにオジサンがやってきて、分厚い肉を2、3切れずつカットして置いていくのだ。もういらないというカードを出すと一旦止まるが、構わず肉を勧めてくる店員もいる。肉は好きだし、私は結構食べるほうだ（「いきなり！ステーキ」で450グラムは食べられる）。が、さすがに腹が苦しくなった。隣のテーブルを見ると、若い白人男性4人が夫と私の3、4倍くらいの量の肉を食べていて仰天した。

ブラジリアンレモネードも素晴らしかった。ライムとコンデンスミルクで作った甘酸っぱい飲み物で、肉を食べる合間に飲むとサッパリする。暑い夏に元気をもらえる一品だ。

余談ではあるが、ブラジル人のバナナへ向ける愛情には驚かされた。バナナケーキやバナナの揚げ物、バナナソース、どれも濃厚で旨い。バナナケーキにはバナナソースをかけて食べる。どちらもバナナ味なので、どうして分けて味わうのか分からないが、そうはいっても美味しかった。


日本にもエスニックフードは沢山ある。だが移民大国のアメリカはその比ではない。

メキシコ、イタリア、スペイン、ギリシャ、ブラジル、タイ、インド、ネパール、中国、韓国。このあたりの国の料理なら、食べたことのある人も多いだろう。それでは、タヒチ、ドミニカ、ジャマイカ、キューバ、アルメニア、パキスタン、アフガニスタン、エジプト……等々。どうだろうか。国名を言われてもどういう料理があるのか想像もつかない。日本では専門店を探すのも難しい。

2度目のワクチン接種から2週間が経ったら、より積極的に町に繰り出して、まだ見ぬ食べ物を食べ歩きたい。それまでは、大人しく原稿を進めておきます(書いていますよ……)。

米国で1年間過ごして4キロ太った。さながら相撲部屋の食い稽古のように、少しずつ食べられる量が増えて、いつのまにか大盛りもペロリ。後悔はしていない。美味しかったから……。

ファッションとボディポジティブ

米国に来る前に、私は抜本的な断捨離を決行した。船便で荷物を別送すると、高価で時間もかかる。必要な荷物はトランク一つに詰め込んで、それ以外の私物は捨てることにしたのだ。手元にあった書籍だけはどうしても捨てられず、実家に郵送した。けれども、服やバッグ、靴、生活雑貨類は必要最小限に絞ることになった。

結果として残ったのは、ジーンズ2本、Tシャツ4枚、白シャツ2枚、長袖ブラウス2枚、ウインドブレーカー1着、ジャケット1着だけだ。靴はスニーカーとローファーとバレエシューズ。バッグはリュック、ボストンバッグ、ショルダーバッグ、ポシェットの4つ。組み合わせを考えるのが面倒なので、靴は黒、トップスは白と決めている。

ミニマムな装備で渡米して、必要な物品は現地で買いそろえる算段だった。

結論から言うと、この作戦は成功だった。私は「郷に入っては郷に従え」を信じている。

米国は多様な民族、出自、考えの人が共存する社会だ。公共の場で居合わせた他人同士、一定の警戒感を持ちながら暮らしている。英語が不自由な私は、せめて見た目だけでもマトモにしておかないと、相手に警戒心と恐怖心を抱かせてしまう。特にアジア人女性はなめられやすいので、世慣れていない雰囲気だと犯罪のターゲットにされる可能性も高まる。

なるべく現地の人と同じように、空気を読んで、身なりを整えるのが大事だと私は考えている。自由を尊ぶ国だから、本来的には誰が何を着ていても文句を言われることはない。だが現実的には、相手への思いやりや自分の居心地の良さを考えると、現地の人たちの服装をよく見て真似し、地元民に擬態するのが最善だ。

ボストン郊外の自宅の周辺では、スポーティでカジュアルな格好をしている人が多い。

ランニング用のショートパンツやレギンス（ヨガパンツ）を穿き、背中があいたタンクトップか、胸元があいたTシャツを着る、というのがスタンダードだ。フルレングスのデニムを穿いている人もいる。だがスーパーに行ったり、近くを散歩したりする程度だと、もっとスポーティな素材を身にまとう人が多い。

ボストンの中心地に出ると一転、お洒落な人が増えてくる。

一番多いのは、テロテロしたポリエステル製のミニワンピースだ。肩紐が細く、顔まわりの露出が多いのが特徴だ。友人との食事や恋人とのデートの際には、ワンピースが定番らしい。

デニムのショートパンツもよく見かける。友達とのショッピングなど、ちょっとしたお出かけ用のお洒落着のようだ。

ただ町の中心部でも、ランニング用のショートパンツの人やレギンスを穿いている人は少なくない。

仕事着だと黒のスラックスや、落ち着いた色味のワンピースを着ている人もいる。とはいえ日本のように夏でもストッキングを穿いている人はまず見かけない。ヒールを履いているのは相当にお洒落な人だけで、ほとんどの人がスニーカーやサンダルを履いている。

全体にカジュアルで軽装、機能的だ。現地で服を買い、真似をしてみると本当に楽で、清々しい。身体が軽くて活動的な気持ちになるし、適度な運動をして「健康美」を保つのがイケてるという気分になってくる。

特に感銘を受けたのは、年齢や体形にかかわらず、思い思いの服装をしていることだ。先に述べた通り、米国も決して自由ではない。人種や社会階層によって非常に細かい行動規範があるし、ロケーションによっては厳しいドレスコードがある。だが、こと年齢や体形の捉え方に関しては本当に自由だ。プラスサイズな人でも普通にショートパンツを穿くし、シニア女性がミニワンピースを着ることもある。

日本だと、スタイルの良い人しか露出してはいけない雰囲気がある。二の腕が太いからタンクトップは着られない。30歳を過ぎたら膝上のスカートはみっともない。ショートパンツは中学生まで。知らず知らずのうちに自分の身体に定規をあてられて、絶えずジャッジされているような錯覚に陥る。

私の身体は私のものだ。他人に良し悪しを判断される謂《いわ》れはない。米国に来てからの1カ月で、私は自分の身体を取り戻しつつあると感じている。ボディイメージが向上したし、モデルのようにスリムでなくても、自分の身体を誇っていいのだと思うようになった。


10年ほど前から全米で「ボディポジティブ」ムーブが起きている。メディアやコマーシャルによって形作られた「白人のスリムな身体こそがクール」という固定観念から脱却し、自分たちのありのままの姿を受け入れ、愛していこうという動きだ。

商品広告にプラスサイズモデルが起用されるのも、今は全く珍しくない。ジーンズやレギンス、ワンピースを購入する際、自分に近い体形のモデルの画像は非常に参考になる。

日本語で「ボディポジティブ」と検索すると、「言い訳」「開き直り」といった検索ワードがサジェストされる。とても悲しいことだ。体形にかかわらず自分の身体を愛するのは当たり前である。自分の身体の良し悪しは、自分が決める。言い訳をする必要もないし、開き直る相手などいない。

他人の見た目をジャッジし、文句をつける人々を私は軽蔑する。他人をモノのように見ている証拠だ。だが同時に同情もしてしまう。他人をモノのように扱わないと満たされない自尊心があるのだろう。まずは自分を自分で愛せるようになってほしい。他人の見方も変わるはずだ。

見た目についてコメントしてくる人には、毎回「うるせー！」と思っている。

書評家同士の対談記事で、私に対して「あー、きれいな人ですねえ」とコメントされていたことがある。書評家が作家の見た目に言及するのもどうかと思うし、それをそのまま文字起こししてしまう出版社もどうかと思った。褒めているからいいという問題ではない。こういう細かいところで、新人、特に女性の神経がすり減り、活力がそがれ、やる気が失われる。本当によくない。後進のためにも、毎回毎回、律儀に抗議していこうと思う。はい、皆さんもご一緒に、「うるせー！」。

バッグ愛好家の見るアメリカ　1

突然だが、私はバッグが好きだ。本当に好きで、バッグを買うために働いているし、バッグを持つために外出している。どうしてこんなに好きなのか分からない。

メディアでのインタビューやアンケートでもバッグ好きを公言している。だがイマイチ食いつきは良くない。おそらく、どれだけバッグが好きか、伝わっていないのだと思う。

初めてバッグを意識したのは、小学生のときだった。実家は宮崎県にあったが、父が東京に単身赴任していた。夏休みに父のもとを訪ね、羽田空港に入っていた三越ストアのハロッズで小さいバッグと出会った。正方形のクッキーの箱のような形に、持ち手が二つ付いた正統派のハンドバッグだ。黒いポリエステル製で、サイドには赤いタータンチェック。持ち手にもタータンチェックの布地が使われている。正面にはハロッズ・ベアの刺繍が付いていた。

当時の私は、『ハリー・ポッター』や『ナルニア国物語』、『指輪物語』といった英国ファンタジー小説が大好きだった。その流れで、『シャーロック・ホームズ』のシリーズや、アガサ・クリスティの著作にも手を出し、英国ミステリーにもハマった。ロンドンの最新の地図と、古地図を並べて、ホームズの足跡をたどる研究を独自に展開していたし、とにかく英国が好きだった。英国風のエッセンスが凝縮されたハロッズのバッグには私の憧れが詰まっていた。このとき買ったバッグはその後10年以上、大切に使うことになる。

次にバッグを買ったのは、中学に上がるとき。イーストボーイの学生用鞄だ。中学校には学校指定の鞄で通学しなければならなかった。イーストボーイの鞄は、もっぱら塾に通う際に使用した。グレーのナイロン製の四角いボストンバッグで、肩掛けもできる。今思い返してもなかなか趣味の良い品だ。

中学時代は、田舎に嫌気がさして、県外に出ることを目標に生きていた。就職か進学で県外に出るほかないのだが、学歴がないと県外就職も難しい。とにかく勉強して、県外に進学するのが近道だった。塾に通って勉強するのは楽しかった。「このファッキン糞田舎から抜け出すための修行の場」と思っていたし（今は宮崎が好きだし、宮崎育ちであることを誇りに思っている）、塾に飾ってあった標語「日々是鍛錬」は今でも私の座右の銘だ。修行の日々を脇で支えていたのが、イーストボーイの鞄である。宮崎県の唯一の繁華街、橘通で売り子のお姉さんに「東京の名門校の通学鞄と似ているんですよ」と教えられ、胸のときめきとともに購入したものだ。このときもバッグにはやはり、私の憧れが詰まっていた。

バッグは女の名刺とどこかで読んだが、それはその通り。バッグを見れば、その人が何を思い、何を重視して暮らしているのか分かる。私にとってバッグは相棒であり、憧れであり、希望であり、生きがいでもある。

高校に進学してからも様々なバッグと出会った。森ガールブームに乗っかって、サマンサ モスモスのコットンバッグを持ったり、スポーティな女子高生に憧れてグレゴリーのリュックをしょったり。大学時代はエビちゃんＯＬの全盛期だった。もちろんサマンサタバサのバッグを持った。

必要最小限の仕送りしかもらっていなかったので、バッグを買うにはアルバイトをする必要があった。裕福な同級生は、ルイ・ヴィトンやプラダのバッグを入学初日から持ってきていた。かなり驚いたし、正直羨ましかった。ハイブランドのバッグはやはりデザインが可愛いし、素材も良質なのが遠目でも分かる。とはいえ10万、20万といったまとまった金は手元になかった。いつかは欲しいと願いながら、社会人になるのを待つことになる。

その間も、インターネットや書籍でバッグに関しては見識を深めていた。もはやオタクと言ってもいい。


バッグは所有する喜びだけではない。見るだけで楽しい。デザインからデザイナーの魂を感じ、作りから職人のクラフトマンシップを感じる。それは一つの完結した創作物であり、世界であり、宇宙である。街行く人のバッグを眺め、一つ一つ鑑賞するのが好きだ。高級なバッグはもちろん素晴らしい点が多いが、安物のバッグにも別の良さがある。こざっぱりした女性が、使い勝手のよさそうな合皮のバッグを持って颯爽と歩く様は粋である。若い女性が高級バッグを持って楽しそうに談笑しながら信号待ちをしている姿もよい。全身からみなぎる人生の楽しさが良質なバッグと融合して、実に美しい世界を構成している。バッグ自体が持つエネルギーが所有者の個性とマッチし、その個性を増幅させている様を見ると、私は本当に嬉しくなる。

大学院に進学したり、司法試験を受けたりしたので、働き始めたのは25歳の頃だ。同い年の子たちはもう社会人3年目。みんな良質なバッグを持っていたし、服装も洒落ていて羨ましかった。
　だが勉強して資格を取るといいこともある。私は社会人1年目で年収1000万円以上を稼ぐことになる。こうしてついに、ハイブランドバッグの海へ漕ぎ出すことになるのだった。

　この記事ではアメリカのバッグの話を書くつもりだった。だが序章で文字数が尽きてしまった。どうしてもまずは、私のバッグ愛を紹介する必要があったのだ。読者はバッグに興味がないかもしれない。けれども筆者には伝えたい想いがあるということで、次回に続く……！

　急に熱く語りだして、「何なの？」という感じだと思うが、本当に好きなんですよね、バッグ……。最近はバッグとの関係をこじらせてしまって、バッグのことを考えるのが苦しいので、バッグと距離をとろうかとも思っている。夫にそう勧められたんです。
「バッグにそうやって尽くしても、バッグは何も返してくれない。それで苦しくなってるんだよ。しばらくバッグについて調べるのをやめて、バッグ屋さんに行くのもやめて、距離をとってみたら。何カ月か経てば、ああそういえば、バッグの奴、生きてるかな……くらいの気分になるよ」と。

さながら、元彼の忘れ方のようである。しかも、相当悪い男だ……。

バッグ愛好家の見るアメリカ　2

アメリカのバッグの話を書こうとしたら、前回は序章だけで文字数が尽きてしまった。そんなにバッグに興味ないよという人もいるだろうが（というか大多数だろうが）、筆者の情熱に免じて少々お付き合いいただきたい。

ちなみに私は、夜寝る前に枕の両脇に一つずつバッグを置く。右を見てもバッグ、左を見てもバッグ。至福である。朝起きたときにどちらを向いているかは分からない。だがどちらを向いていても、お気に入りのバッグが迎えてくれるのだ。

さて、幼少期からのバッグ好きをこじらせたまま社会人になった。しかも相当な高給取りで生活に余裕がある。となると出てくるのは、ハイブランドバッグへの探求心だ。

当時、仕事の都合で中央区京橋に住んでいた。銀座まで徒歩で行ける立地である。休みの日にはこまめに銀座に出て行って、各ブティックで新作をくまなくチェックした。やはり、生でモノを見るのが一番勉強になる。実物を見て、触って、その経験が積み重なることで、素材や作りの良し悪しを見抜く目が磨かれる。

勤務していた事務所に、とても素敵な先輩弁護士がいた。小柄な40代の女性で、仕事の面では非常に厳しいのだが、性格はチャーミング。口から生まれてきたようなおしゃべり好きだ。いつもネイビーのスーツを素敵に着こなしていた。その彼女が、本当に素晴らしい革のバッグを持っていた。鮮やかなウグイス色で、丸みがあるのにきちんと自立している。チャーミングでありながら、凛とした仕事人である彼女自身を体現するようなバッグだった。

聞けば、素材やデザインを指定して、工房でオーダーメイドしたものだという。痺れた。憧れた。私もいつか、私による私のためのバッグを作りたい。最高のバッグを作るために、バッグを見る目を一層磨かねばならない。バッグに見合うよう、私自身が素敵な大人になりたい。

そういった決意とともに、バッグ探求の旅は続いた。じっくり見て回り、気に入ったものは購入して使う。プラダ、バレンシアガ、ミュウミュウ、ボッテガ・ヴェネタ、グッチ等々……いわゆるハイブランドと呼ばれるバッグは一通り嗜んだように思う。

各ブランドのそれぞれのライン、バッグについて、言いたいこと思うことは色々あるのだけど、それについては本が一冊書けそうなくらいの分量になるから、一旦脇に置く。

一つだけ言えるのは、どのバッグも素晴らしいということだ。みんな違ってみんないい。作りが粗雑すぎて数回使っただけでコバがひび割れてくるようなバッグも私は好きだ。もののあはれを感じる。繊細すぎる革を使っているせいで、日常使いにおよそ適さないバッグも良い。人生のとっておきの瞬間を華やかに彩る花火のようなバッグだ。作りが頑丈すぎて重く、持ち運びに苦労するバッグも愛らしい。心配性の友人と旅行しているみたいで楽しいからだ。

世の中には、ハイブランドバッグを目の敵にしている人がいる。ハイブランドバッグを買うのは、ミーハーで流されやすく、企業の広告戦略に乗せられた頭の軽い女だと思うのだろうか。自信のなさから高級品を身に着けるのだといった言説も流布している。

小説教室に通っていたとき、40代の男性受講生から「いつもブランドバッグを持っているよね」と嫌味たらしく指摘されたことがある。その場では「そうですよ、バッグ好きですから」と言って流した。だが内心、「うるせー！」と私の中のバッグ・スピリットが吠えていた。

ここまで読んできた人（どれだけいるだろうか……）にはお分かりいただけるだろうが、私のバッグに対する情熱は並々ならぬものがある。趣味であり生きがいであり信仰である。どのバッグをいつどう持つのかは、私の生き様そのものである。そういったこだわりは、一見しても分からない。「とっかえひっかえ高いバッグを持っている軽薄な女」に映るかもしれない。だが人は往々にして、外側からは見えない事情やこだわりを抱えているのだ。そういった聖域に攻撃を加える無神経さを省みていただきたい。いかなる意味においても他人の持ち物にケチをつける行為はダサい。

さて、バッグに話を戻す（ずっとバッグの話をしているが）。

どのブランドも、どのメーカーも、どのバッグも好きだ。それは揺るがない。その前提で、好きなブランドを挙げろと言われれば、エルメス、シャネル、ルイ・ヴィトンと答える。

エルメスは本当に素晴らしい。一度エルメスの革の良さを知ると、他のバッグに戻れない。表面の整った美しい肉厚の革が、素晴らしい技術で鮮やかに染色されている。作りもいい。デザインもいい。エルメスの店員には「繊細な革だから、水分油分に注意して、大事に使え」と諭される。だがエルメスのバッグはかなり丈夫で、適当に使っても大丈夫だ。デイリーユースに応えてくれるタフで優秀なバッグだと思う。もちろんバッグ好きのスピリットとして、バッグを粗末に扱うことはない。けれども高級品だからといって、そう神経質になる必要はない。バッグの本質は、美しさで包まれた実用性にあるのだから。

シャネルのバッグは好き嫌いが分かれるところだと思う。私がシャネルを好きなのは、ココ・シャネルを尊敬しているからだ。シャネルは女性の自由を体現しているブランドであり、そのブランドコンセプトが今に至るまで揺らがないのが良い。シャネルのバッグを持って街を歩くのは爽快だ。男性には「ケバい、水商売みたい」と敬遠されることもある。だが私は「うるせー！」と言いたい。何も気にせず、好きなバッグを持てばよい。

ルイ・ヴィトンは企業としての姿勢が好きだ。誠実で上手いビジネスを展開している。在庫管理がきちんとしていて、世界中全店舗の在庫状況を事前に調べて来店できる。価格設定も透明で、工数に工賃をかけて、一定の利益率をかけた価格を維持している。バブル期に日本でルイ・ヴィトンブームが起きた。当時は国内に正規店がなく、高額な並行輸入品がどんどん売れた。ルイ・ヴィトン正規店が日本に上陸する際、日本向けに値上げしても良かったのだ。それなのにルイ・ヴィトンは並行輸入品よりも安い正規価格で商品を売り出し、並行輸入品市場を駆逐した。ブランディング手法や商標の扱い、デザイナーとのコラボなど、どの点をとっても、ハイブランドビジネスとして素晴らしいと思う。

これら3社が、バッグ三大巨頭として私の中に君臨していた。ところがアメリカに来て、揺らぎつつある。第四の刺客、コーチが現れたのだ。

アメリカ人がみんな大好き、コーチである。

このエッセイのタイトルは「バッグ愛好家の見るアメリカ」だったはずだ。ここからが本題なのである。だが、今回もここで文字数が尽きてしまった。次回がバッグ話最終回にして本丸。アメリカでのコーチとの出会いについて語ろうと思う。

このあたりから、エッセイを読んでいる読者さんのことが心配になってきた。この話、読んでいて面白いですか。大丈夫ですか。エンタメ作家としては、読者さんが楽しんでいるかどうかが非常に気になる。エッセイとはいえ、こんな自分語りをしていいのだろうか。本書のアマゾンレビューに「著者のバッグ語りがうるさい」と書かれそうだ。

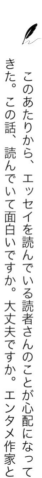

バッグ愛好家の見るアメリカ　3

前回、前々回とバッグについて語ってきた。それもこれも、今回のバッグ話を展開するための枕にすぎない。

アメリカに来て一番驚いたのは、道行く人がかなりの確率でコーチのバッグを持っていることだ。噂には聞いていたが、アメリカ人は本当にコーチが好きだ。電車に乗ると、一車両に1人は必ずコーチのバッグを持っている。ユーザーの年齢層は比較的高いが、若い人もお洒落に持っている。

確かにコーチは良いブランドだ。非常に耐久性が高く、値段も手頃だ。デザインもすっきりしている。私もコーチは好きだ。だが、ここまで愛されている理由はどこにあるのだろう。疑問に思って調べているうちに、私はコーチのバッグにドハマりした。

アメリカに来て、コーチバッグの研究家のようなことをしている。その一部をここに紹介したい。

私はまず、コーチの公式サイトで、バッグに寄せられたレビューを読み漁った。レビューに込められたアメリカ人の熱量は目を見張るものがあった。コーチのバッグをいくつ持っているという自慢もあれば、クラシカルなバッグを20年間愛用しているという自慢もある。そしてどのレビューにも「〇年使っているけど、未だに綺麗だよ」という感想が付いている。コーチのバッグは本当に丈夫なのだ。

公式サイトの宣伝文句にも“durable and only gets better with age（丈夫で、使い込むほどに味わい深くなります）”とある。

英語で“bag review”と検索すると、バッグの使用感を語るブログや動画が大量に出てくる。そのほか、ＢＲＡＧＭＹＢＡＧ（バッグ自慢）というサイトがあり、バッグの特徴や使用感を語る記事が多く掲載されている。私は寝る間も惜しんで、その一つ一つに目を通した。学んだことを総括すると、アメリカ人は①丈夫なものが好き、②斜め掛けが好き、③容量にこだわる、ということだ。いずれも実用性を重んじる要素だ。

なるほど、そういうことか、と腑に落ちた。諸外国と比較しても、アメリカは合理性や実用性に価値を置き、アクティブで機能的であることを良しとする。近代化が進んだ超大国である現在でも、植民地時代、西部開拓時代から一貫したフロンティアスピリットが息づいている。身一つで新天地に乗り込み、何かあればこの銃と斧で対処する。自分の身は自分で守る。そういった姿勢が手放しに称賛される。ＤＩＹが大好きだし、ＢＢＱは欠かせない。理想的アメリカ市民のふるまいを支えるのは、丈夫で機能的なバッグだ。ジーンズが愛される国にはジーンズにふさわしいバッグが必要なのだ。

バッグの評価基準は実に様々だ。デザインや素材、重さ、容量、使用感、ポケットの数、底鋲の有無、自立するか、等々。その中でもアメリカ人が特に重視するのは耐久性なのだろう。

実際、アメリカのブティックでは、店員がかなりの確率で“This bag is so durable.（このバッグはとても丈夫ですよ）”と強調する。日本に限らず、旅行先でもバッグをしつこく見て回っているが、イギリス、フランス、スイスといった欧州の店舗でそのような薦め方をされることは少ない。どちらかというと“This bag is so beautiful.（このバッグ、綺麗でしょ）”と薦められることが多い。

フランスのエルメスとアメリカのコーチを比較すると面白いかもしれない。

エルメスのヴィンテージバッグを使っていたことがある。クリーニングに出すと、表面は綺麗に磨いてくれるのだが、中身と持ち手はクリーニングの対象外なのだ（バッグの種類によっては持ち手の交換ができるようだが）。汚れ防止のために持ち手にカレ（スカーフ）を巻くしかない。中身のクリーニングができないのは、もっと困った。古いバッグの場合、革と裏地の間にカビが発生して、臭いの元となる。クリーニングするためには一旦革をバラバラに分解しなくてはならない。非公式の革専門店に持ち込めばやってくれるかもしれないが、非公式クリーニングを行うと、公式のクリーニングを受け付けてもらえなくなる。

やはりエルメスはバッグの王様である。バッグを中心に据えて、この素晴らしいバッグに悲しい思いをさせないよう、丁寧に毎日を送る必要がある。バッグ愛好家としては、エルメスの主張にも共感するし、一つの立場として素晴らしいと思う。


一方コーチのバッグは本当に健気だ。私はコーチのヴィンテージを一つ持っている。グラブタンレザーという野球グラブにインスパイアされた頑丈な一枚革でできている。裏地がないため、革と裏地の間にカビが出ることもない。バッグの表も裏も、持ち手もクリーニングが可能だ。20年前にコスタリカで作られたものだが、臭いもなく、どこを見ても実に美しい。

特別気を遣わなくても、綺麗なエイジングが楽しめるのはすごい。人間の後ろをずっと追いかけてくれる子犬のようなバッグだ。アクティブなアメリカ人が好むのもうなずける。

前にも語ったが、バッグはそれぞれ、みんな違ってみんないい。エルメスとコーチ、スタンスが異なるだけで、どちらも素晴らしいと思う。

日本では、コーチのバッグが馬鹿にされることが多い。そのたびに私は悲しくなる。アウトレットで背伸びして買うブランドバッグというイメージがあるのかもしれない。だがこんなに丈夫で機能的、リーズナブルなバッグはそうそうない。

耐久性が高く、綺麗にエイジングするからだろう。Vintage Coach の市場は充実している（日本ではオールドコーチと呼ぶことが多い）。昨今のファッショントレンドとして、レトロブームが来ていることも影響しているかもしれない。Vintage Coach のクロスボディを持つ若者は街でよく見かける。おそらく彼女らが持っているバッグは彼女らと同い年くらいだ。

コーチの公式サイトでも、職人がケアをした中古のバッグが新品とそう変わらない値段で売りに出されている。年月を経ても物の価値は変わらない。月日の滓《おり》や職人の手によって価値が向上することすらあるという良い一例だ。

こういった流れは、実は、サステナビリティの観点からも望ましい。革をとるための家畜飼育は、森林破壊や気候変動を進める一因となっている。革を加工する工場で炭素燃料を用いれば、温室効果ガスを排出することになる。革を無駄にはできない。大量の新製品を作って、どんどん売る時代は終わりかけている。

バッグ一つとっても、時代の流れやその国の文化がにじみ出ている。バッグ研究の日々に終わりはない。今後もバッグ愛好家として励んでいきたい。

最近、ヴィンテージのエルメスを一つ買った。1991年に製造された30年物。私と同い年のバッグである！　ワイン好きの人が生まれ年ワインを楽しむように、バッグ愛好家のなれの果てとして、生まれ年バッグに手を出してしまったわけだ。バッグの道は続く……。

空を飛べるかな

11月半ばに入り、シカゴでは雪が降り始めた。気温は昼間で1度から2度くらい。風が強いので、体感気温はマイナス5度くらいと言われている。

私は宮崎育ちでとにかく寒さに弱い。3年間だけ茨城県土浦市に住んでいたが、寒いのが辛すぎて、土浦より北には絶対住めないだろうと悟った。

ところが、今住んでいるシカゴは緯度でいうと函館と同じくらい。北東方向にミシガン湖があり、さえぎるものがないので強い風が吹く。「風の街」と呼ばれるゆえんだ。体感気温は函館よりもっと低いという。例年マイナス20度くらいまで下がり、酷い年ではマイナス30度を下回ることもあるらしい。

南国育ちの身としては、これからの季節、シカゴで暮らしていけるのか戦々恐々としている。シカゴに来るまでの人生で雪というものを10回も見たことがない（うち2回はスキー場だ）。それなのに、シカゴに来てからもう毎日のように粉雪を見ているので、すでに日本での雪経験値を超えてしまった。

道行く人は老若男女問わずほとんどが長ズボンを穿いており、冬物のコートを着ている。ダウンコートで有名なカナダグースの前には行列ができ、コートを買いに行くためのコートがない状態の人々が手をこすり合わせて入店を待っていた。

耳を外に出していると寒いので、ニット帽をかぶっている人が多い。ほとんどの人が両手をポケットに突っ込んでいるか、手袋をしている。

ハロウィンが終わり、街はクリスマス一色だ。いたるところにイルミネーションが飾られ、デパートのウィンドウにも華やかなクリスマスギフトが登場している。

その中でも特に目を引いたのがMacy'sというデパートのウィンドウだ。

5面ほどのウィンドウを使って、物語仕立てになっている。主役はトナカイの子供。来《きた》るべきクリスマスでは、サンタクロースのソリを引く予定だ。ただソリを引けばいいというわけではない。世界中を回るために、空を飛ぶ必要があるのだ。ところが、このトナカイは空を飛べない。生まれて初めてのクリスマスだからだ。

焦った彼（or彼女）は、フクロウに空の飛び方を教わる。"How to fly"という謎のハウツー本を片手に独習を行い、空を飛ぼうとするも失敗。結局、森の仲間の助けを借り、プロペラの機械のようなものを使って空を飛ぶことに成功するのだ。

私はこのウィンドウの前で立ち止まり、時間を忘れて見入ってしまった。頭の中では『ピーターパン』の挿入歌“You can fly! You can fly! You can fly!”が流れ始めた。子供たちに「楽しいことを考えれば飛べるよ！」と言うピーターパン。楽しいことを考えると飛べるのさ、クリスマスのおもちゃとか、ソリのベルとか、雪とか。必要なことは信じること、それとほんの少しの妖精の粉。一番幸せなことを考えよう、それは翼を持つのと同じなのだから……と。

結局トナカイは自力では飛べなかったけれど、シーソーやプロペラを使ってなんとか不器用に飛んでいる。その姿を見て、なんだか胸がじんとしてしまった。

ずっと放っていたダンボールを開けたように、古い記憶が一気に蘇ってきた。

小学2年生の頃、父が東京に単身赴任をしていた。冬休みに父のアパート（豊島区にあった気がする）に家族で泊まり、ディズニーランドに行った。冬の東京は寒かったが、おろしたての水色のコートを着られるのが嬉しくて、苦にならなかった。丸一日遊びまわり、帰りの電車の中で眠気に襲われた私は、母に「お話をしてよ」とねだった。

うちの母は私と同様、良くも悪くも適当な人で、話をねだるといい加減な作り話をしてくれる。その日の話もよく分からないものだった。曰く、地球からずうっと行った先に緑色の星がある。どこを見ても緑色。その星の真ん中にある湖に大きな綺麗な鳥が住んでいて、その鳥の名前は「ミドリ」という、云々……。ダジャレかよ、と8歳ながらに思った。

とはいえ私は、異国の不思議な話が大好きで、ディズニー映画はビデオテープが擦り切れるほど見たし、日本昔話やグリム童話もよく読んでいた。怖い話も好きだった。

大きな台風が来て停電に見舞われたときには、ロウソクの火を囲んで、家族で順番に怖い話をした。母が語った話を今でも覚えている。母の祖父が亡くなったときのことだ。

母は10歳くらいだったという。当時は自宅で通夜と葬式をしていた。遺体のそばに布団を敷いて親族そろって寝る。子供ながらに死体というものを理解していたから、気味が悪いと思ったそうだ。母の隣には、母の祖母がいたから、祖母にくっついていれば大丈夫だろうと自分に言い聞かせた。ところが、夜中にふと目を覚ますと祖母がいなくなっている。怖くて寝付けなくなった。どのくらい経ったただろうか、しばらくじっと目をつぶって待っていると、祖母が帰ってきた。ひどくくたびれた様子だったという。翌朝祖母に事情を問うと、「じいさんが起きて、ついてこいと言うからついていった」のだという。裏山の入り口まで行ったが、祖母は脚が悪くて祖父に追いつけず、見失ってしまう。山のほうへ「また後で行くから」と言って、来た道を戻ったという。それを聞いて周囲の大人たちが「死んだじいさんは亭主関白だったから、ばあさんを道連れにしようとしたのだろう。脚が悪くてついていけなくてよかった」と語ったという。不思議な話だが、なんとなく本当にあったことのような気がしている。地元には「狐憑きの一族」と呼ばれる人たちがいたし、占いやまじないごとも盛んに行われていた。一寸先にはぞくりとする不思議な世界が広がっているのだと、子供ながらに感じた。

本を読むようになったのもその頃だ。『ハリー・ポッター』シリーズにハマり、図書館にあった海外児童文学を順番に読んだ。ワクワクする世界、不思議な世界、怖くて残酷な世界、色んな世界が広がっていて、私はのめり込んだ。自分の知らないところにきっとこういう素敵な世界が広がっているのだろうと信じていた。成長して地元から東京へ出て、さらに日本も出て、世界屈指の大都会に住んでいるが、未だにそういう世界に出くわしていない。いつのまにか不思議な世界への憧れも忘れかけていた。

そういえばこの間、親戚に可愛い赤ん坊が生まれた。丸々とした赤ん坊を腕に抱いたとき「この子のために、この子がうんと楽しくなるような物語を書こう」と決意したのだった。絵本か童話か児童文学か、形態は分からないが、とにかくすごく楽しくて、空を飛んでドラゴンと友達になって、イルカに乗るような大冒険だ。書かねばならない。寒風の吹きすさぶシカゴの街頭に立ちながら、ぼんやりと考えていた。何はともあれ、クリスマスが楽しみだ。ちびのトナカイがちゃんと空を飛べるといいな、と思う。

お世話になっている編集者さんに「絵本描きたいんですよね」と言うと、「頭が良くなる絵本とか、東大に入れる絵本とか、どうですか?」と返された。さすが、売れる書籍を作るプロは発想が違う……。

フロリダでのバケーション　準備編

シカゴは外気温マイナス6度。雪も積もってこれぞ冬！　という日々が続いている。外に出るのがおっくうで、近所のスーパーと家の往復しかしていない。バケーションシーズンは何がなんでも暖かいところに行きたいと決意し、フロリダのウォルト・ディズニー・ワールド・リゾートに行ってきた。

色々な出版社に原稿を待ってもらっているので、遊んでいるところを見せるのは申し訳なさすぎてリアルタイムでSNSに上げることははばかられた。だが、このエッセイのタイトルは「帆立の詫び状」である。

編集者に申し訳ないと謝りながら、楽しい原稿外ライフをお届けするのがこの企画。申し訳ないけれど、ウォルト・ディズニー・ワールド、楽しかったです！

ウォルト・ディズニー・ワールドについて書く前に、私とディズニーランドについて語る必要があるだろう（いつもこうやって前提の話から書き始めて、肝心な本題は次回に続く！　となることが多いのだが、今回はもともと1回分には収まらないのでご容赦いただきたい）。

宮崎で育った私にとって、東京ディズニーランドに行くのは数年に一度の楽しみだった。お正月明け頃に「お話があるからちょっと来なさい」と母親に言われ、きょうだい3人が居間に正座する。父親がやってきて「今年の夏休みはディズニーランドに行きます」と宣言。子供たち大歓喜、というのがいつもの流れだ。

子供時代、ディズニーランドで遊ぶことが人生で一番楽しいことだと思っていた。ディズニーランドから帰るのは悲しくてたまらなかった。大人なら次はいつ頃来ようと考えることができるが、子供だったから、次はいつ来られるのか分からない。ディズニーランドとの今生の別れ、人生の下り坂の始まりのような心持ちになったものだ。

ディズニーランドに行けない心のスキマを埋めるため、小学校高学年から中学生の頃の私はディズニー研究に励んでいた。映画の原作となっている童話や物語は（ほとんど）全て読んでいると思う。原作がどのようにアレンジされて映画になっているか、そしてそれがどのようにアトラクションに反映されているかを分析するのである。

だが、ウォルト・ディズニーその人について調べたり考えたりしたことはなかった。あくまで創作物のファンであり創作者には関心が向いていなかったのだ。

クリエイターの端くれである今の私にとっては、ディズニー本人がどういう人なのかが気になる。せっかくウォルト・ディズニー・ワールドに行くのだから予習をしようと思い、ディズニーの伝記を読み漁った。

イリノイ州シカゴで生まれたディズニーは幼少期からチャップリンに憧れていた。絵を描き、漫画を描き、アニメーションを作るようになってからもチャップリンの影響を色濃く受けている。

チャップリンといえばヒューマニズムや社会風刺が特徴と言われる。だが改めて創作者の目線で見ると、チャップリンの最大の特徴は完璧主義者であることのように思える。

単純なシーンでも数十回撮り直したため、膨大なNGフィルムが残されている。様々な種類のギャグを大量に撮っているのに、採用されたのはほんの一部だ。ストーリーの本筋と関係のないギャグや出来の悪いギャグはどんどん削除されている。

実はNGフィルムの中には、性的な話題や人種差別的なギャグも含まれている。何度も撮り直し、編集し直しているうちに、そういったギャグは自然と削られていったのだ。ヒューマニズムの貫徹、いわゆるポリティカルコレクトネスの意識で削ったわけではなく、面白いものを作ろうという中で、世界中の人に楽しんでもらえる面白さを追求した結果なのだ。

チャップリンは5歳のときから俳優として舞台に立ち、世界巡業もこなしている。地域によって笑いの好みが大きく違うことが身に染みて分かっていた。例えば、ユダヤ人キャラクターが登場する出し物をユダヤ人地区で演じてしまい大失敗したこともあるという。そういった失敗を経て、世界中の人に笑ってもらえるユニバーサルな娯楽を提供するために、何が適切で何が不適切なのか理解していったのだろう。

チャップリンの影響を受けたディズニーに関しても、ユニバーサルな娯楽を提供しようという姿勢は見られる。チャップリンと比べてしまうと、不十分な点も目につくのだが、世の中の多くの娯楽と比べれば、様々な配慮がなされているとはいえる。

巷では、「ポリティカルコレクトネスを意識すると作品の幅が狭まり、面白いもの、尖ったものが作れなくなる」といった言説も耳にする。果たして本当にそうなのだろうか。多くの人に心から楽しんでもらうためにポリティカルコレクトネスは必要だと私個人としては思う。もちろん異なる立場の人もいるだろうし、それを否定するつもりはない。あくまで私の創作スタンスの話だ。少なくとも私の場合は、天才チャップリンですら苦慮していることを私のような凡人クリエイターが考えないのは、あまりにも怠惰に思えるのだ。

さて毎度のごとく話は逸れに逸れたが、本題はウォルト・ディズニー・ワールドである。ディズニーはウォルト・ディズニー・ワールド建設に際して、「誰もが楽しめるファミリーテーマパーク」を目標に掲げている。本当に「誰もが楽しめる」ユニバーサルな娯楽施設になっているか、この目で確かめてこようと心に決めた。

チケットをとり、ホテルをとり、4つあるテーマパークの予習は完璧。いざ、出発の日を待つだけである。

と、その前に、このエッセイを読んでくださっている方（どのくらいいるのでしょうね……）はご存じかと思うが、私はバッグ愛好家である。ウォルト・ディズニー・ワールドに行くに際しても最適なバッグを用意した。

コーチとディズニーがコラボして作ったディズニーリュックである。

アメリカのモノづくりスピリットを体現したコーチと、アメリカのエンターテインメントの一角を担うディズニーが一緒になって作った、実にアメリカらしいバッグだ。作りは丈夫で容量もあり、ポケットが多くて使いやすい。ピンク色のカラーも陽気でよい。

実際にウォルト・ディズニー・ワールド内を歩いていて、このバッグは何度も褒められた。見知らぬ人に“The bag is so good!!”と話しかけられても、決して謙遜してはいけない。バッグ愛好家として胸を張り、"Thanks, I love this!"と応じたのだった。

今でもフロリダのことをたまに思い出す。とにかく楽しい旅行だったからだ。暖かくて比較的治安が良く、住みやすそうだった。米国の富裕層がこぞって移住しているのもうなずける。と考えていると、また旅行に行きたくなってきた。

フロリダでのバケーション　日米の違い編

フロリダのウォルト・ディズニー・ワールドに行ってきた。

おなじみの東京ディズニーリゾートは、東京ディズニーランドと東京ディズニーシーの2つのテーマパークからなる。対するウォルト・ディズニー・ワールドはテーマパーク4つで構成されている。

東京ディズニーランドのモデルとなったマジックキングダム・パーク、未来生活と世界旅行をテーマとしたエプコット、映画がテーマのディズニー・ハリウッド・スタジオ、環境保護がテーマのディズニー・アニマルキングダムである。

敷地面積は東京ディズニーリゾートの60倍で山手線の内側が2つ入る大きさだ。アトラクション数は150個以上、年間来場者数は6000万人を誇る。

無理のない行程を組むため、原則としてテーマパーク一つにつき1日、予備日を1日とって、5泊6日で訪れることにしていた。

ウォルト・ディズニー・ワールドに行くにあたって、実はちょっとおびえていた。

少し古い話をする。小中学生の頃、シャーロック・ホームズにハマり、英国ロンドンへの憧れを募らせていた。そんな私の楽しみは、地元で唯一アフタヌーンティーを味わえる「倫敦《ロンドン》」という喫茶店に通うことだ。当時の生活圏で憧れの街ロンドンを感じられる唯一のスポットだったのだ。

大学卒業後、念願かなって英国に3週間くらい滞在することができた。シャーロック・ホームズ博物館にも行ったし、ロンドンで本場のアフタヌーンティーを味わった。しばらくして地元に帰ったのだが、不思議と喫茶店「倫敦」に足が向かない。本物のロンドンを見てくると、地元の「倫敦」はいかにも借り物っぽく思えてしまうのだ。

大好きだった場所が色あせるのはなんだか切ない。久しぶりに帰省すると親の背中が思ったより小さく感じるときの切なさと似ている。

同じように、本場アメリカのウォルト・ディズニー・ワールドを体験すると、小さい頃から好きだった東京ディズニーリゾートがしょぼく感じてしまうのではないか。本場のウォルト・ディズニー・ワールドに行く機会はそうそうない。今後の人生で行くとしたら、東京ディズニーリゾートばかりだろう。東京ディズニーリゾートに行くたびに「本場のほうがすごかったな」と感じるのはつらい。東京ディズニーリゾートを永遠に楽しめない身体になってしまったらどうしよう、とおびえていた。

結論から言うと、大丈夫だった。比べられないほど別物だったからだ。

エプコット、ディズニー・ハリウッド・スタジオ、ディズニー・アニマルキングダムの3つに関しては、日本にないから比べようがない。

東京ディズニーランドのモデルとなったマジックキングダム・パークの場合、街の作りやアトラクションは確かに似ている。だが世界観というか、雰囲気が全然違う。

分かりやすいところで言うと、アトラクション内から外の工事現場が丸見えだったり、キャストの制服の着方がまちまちで着崩している人もいたり、ゴミは結構落ちているし、パーク内にもスタバがあったり、日常の延長という印象だった。

東京ディズニーリゾートは、日常から隔離された全くの異世界で、キャストは異世界の住人になりきっている。体験型の劇場にいるようだ。世界観が徹底されている。

他方で、フロリダのウォルト・ディズニー・ワールドは基本的に待ち時間が少ない。ライトニング・レーン（日本でいうファストパス）を上手く使えば、人気アトラクションでも30分以上待つことはほとんどない。

世界観をじっくり味わいたい人は東京ディズニーリゾート、アトラクションにガンガン乗って楽しみたいという人はウォルト・ディズニー・ワールド、という感じだ。

違いは他にもある。

東京ディズニーリゾートだとカップル、友人同士、家族での来園がだいたい同じくらいの割合を占めていると思う。他方、ウォルト・ディズニー・ワールドの場合、圧倒的に家族での来園が多かった。家族4、5人の場合もあるし、10人ほどの親族一同、おじいさんから曽孫までの四世代で訪れているのも珍しくない。

園内で販売されているTシャツも“Mom”“Dad”といった家族内の位置づけが記載されたもの、“2021 Family Tour”と記され家族旅行の思い出になるようなものが多く扱われていた。10人ほどの家族連れのために背番号が1から10ほどまで入ったTシャツも売っている。家族連れの多くがそれらのTシャツを着ていたのが印象的だった。日本よりも「家族仲良く」という規範が強く、家族が仲良しであることをアピールすることに照れがない。

家族連れの中にお年寄りが多いのにも驚いた。特に電動車いすを使用している人がかなり多い。

街中でも日本と比べると電動車いすに乗っている人が多いので、電動車いすの普及率が高いだけかもしれない。だが、電動車いすを使用しているお年寄りをディズニーリゾートに連れてくるという発想自体が、日本だとあまりないように思う。

各アトラクションに車いす利用者用の入り口と動線がある。車いす利用者は専用の待ち列に並び、めいめい入場していく。車いす利用者だけで行列ができているなんて、日本では考えられない光景だった。

もちろん東京ディズニーリゾートも車いす利用者に優しくできている。だが車いす利用者が少ないこともあって、それはどこか「特別扱い」のようなもので、殊更に優しく、丁寧に接しているようにも見える。利用者としてはそういう扱いに引け目を感じて、足が遠のくのかもしれない。

小説家の目線で見ると、フロリダはエンタメ小説、東京は純文学のようだなと思ったりもした。

フロリダのウォルト・ディズニー・ワールドは年齢を問わず、家族で気楽に訪れることができる空間だった。待ち時間のストレスも少ない。

平易な言葉でストレスなく読め、誰でも楽しめる、万人に向けて書かれたエンタメ小説のようだ。平易な言葉づかいやストレスのなさを優先して作られているので、緻密な描写や濃厚な読み味をじっくり堪能したい人には不向きである。

対する東京ディズニーリゾートは、細部に至るまで世界観が徹底されている。ゴミ一つない。その世界観を味わうには、長い待ち時間を覚悟して入場しなければならない。

一言一句こだわりぬいて丁寧に書かれた純文学小説のようだ。内容を味わうには一定の知的体力が要求されるのが難点だ。

こうして、「東京ディズニーリゾートは純文学」という一見すると妙な結論に至ったのだった。

米国から持ち込まれたエンタメスピリットをものすごい精度で練り上げて、純文学的に昇華しているのはいかにも日本的である。

本国と比べてしょぼいとか、物足りないと感じることはない。東京ディズニーリゾートを永遠に楽しめない身体にはならずにすんでよかった。

ところで私はエンタメ小説を書く作家である。

ウォルト・ディズニー・ワールドのエンタメスピリットから学ぶところはなかったのか？　もちろん、ある。次回、エンタメ作家として胸に刺さった体験を紹介して、フロリダでのバケーション話を締めくくりたいと思う。

その後、パリのディズニーランドに行く機会もあった。フランス人は実にクールだった。パレードが通っても「ふうん」という感じ、キャラクターが出てきても「いるねー」という感じ。フロリダでは、音楽が鳴れば踊りだす人が1人や2人、いたものだが……。

フロリダでのバケーション　初めての体験編

突然だが、「ミッション：スペース」というアトラクションをご存じだろうか。ウォルト・ディズニー・ワールドのエプコットというテーマパークの中にある。日本のディズニーリゾートには類似のアトラクションはないから、知らないという人も多いだろう。

スペースシャトルの操縦席に乗り込み、宇宙飛行のミッションに参加するというアトラクションだ。強い重力を体験できる装置が特徴なのだが、この装置はNASAの訓練でも使われているという。

エプコットを訪れる前、下調べをしているときから、「ミッション：スペース」は異彩を放っていた。5～20分の待ち時間で乗れるアトラクションだ。特に人気というわけでもないのだが、どうにも気になる。

口コミサイトでの感想が不穏なのだ。

「万人にはおすすめできない」「想像以上の重力」「かなり身体に負荷がかかる」「ディズニーで唯一、座席にエチケット袋が備え付けられている（気持ち悪くなって吐くことがあるらしい）」「死ぬかと思った」「死亡事故が立て続けに2件起きている（それぞれ4歳の少年、49歳の女性）」

え、え、え、天下のディズニー・ワールドで、こんなアトラクションが野放しになっていていいのだろうか。私は困惑した。２０１７年にリニューアルがなされているので、死亡事故当時のままの設備ということではないらしい。だがＮＡＳＡと同じ装置を使っているあたり、万人が安全に乗れるタイプのアトラクションではないだろう。

ミッションは穏やかに地球を一周するグリーンチームと、火星まで行くオレンジチームに分かれている。「子供やお年寄り、乗り物酔いをする人、体調に不安がある人は絶対グリーンチームを選ぶべし」というのが、口コミサイトで共通して見られる意見だ。

私は若干車酔いをするものの、船なら大丈夫。絶叫系の乗り物は大好きである。ディズニーリゾートの各種アトラクションはもちろん、富士急ハイランドのアトラクションもへっちゃらだ。馬鹿と煙は高いところへ上るというが、高いところに上るのも好きだ。観光名所にある展望台には訳もなく上りたくなるし、吊り橋やロープウェイも大好きだ。ロンドンのタワーブリッジの展望通路に設置されたガラス張りの床で飛び跳ねて、同行していた高所恐怖症の友人にブチ切れられたこともある。なお、タワーブリッジのガラス張りの床は過去に割れたことがあるらしいから、友人が怖がるのも当然である。

私は日常ではビビリで慎重派、車を運転するのすら嫌だ。飛行機が揺れるとすごく怖く感じる。だが、アトラクションや展望台のように、お客さんを楽しませるために大人が作ったものなら、きっと大丈夫だろうという計算が働き、安心して楽しめる。

同様に、お化けは怖いが、お化け屋敷を怖いと思ったことがない。大人が作るお化け屋敷は安全対策がバッチリ考えられている。例えば、階段のような足場が不安定なところではお化けは出ない。お化けは客に触れることができないから、こちらから追いかけるとお化けは逃げる。屋敷内の構造を見れば、どこからどうお化けが出てくるか想像がつくから、全然怖くない。

私はもともと予定調和というものが嫌いである。「こうくればこうなる」というお約束事が嫌なのだ。

高校生のときのことだ。当時付き合っていた彼氏と観覧車に乗った。観覧車が頂点に近づいた頃、彼氏が顔を近づけてきた。その瞬間、私は彼に冷めてしまった。観覧車の一番上ではキスをするものだと信じ込んでいる男は嫌だ。ひねくれ者ですみません。

そんな私は好きな男性のタイプを訊かれると「天然な人」と答えている。予定調和をぶち壊し、こちらの予想の斜め上を行く動きをしてくれる人が好きなのだ。

現在の夫も相当に天然で、今年の抱負を訊いたら「地球に詳しくなること」と言っていた。文字通りの意味で、地球環境や地理歴史に詳しくなりたいということらしいが、予想もしていなかった新年の抱負である。

夫は高所恐怖症で、揺れる鉄橋なども苦手なのだが、どういうわけか「ミッシヨン：スペース」のオレンジチームに乗ると言い張った。「結構重力かかるらしいよ。大丈夫？」と確認するのだが、「大丈夫」の一点張りである。

これまで経験したことのない重力の世界に私も興味津々だった。大人が作ったアトラクションとはいえ、死亡事故も起きているくらいで、安全性を信じていいのか微妙である。期待と不安が入り混じった状態でアトラクションに並んだ。

乗り場が近づいてくると、注意事項が記されたカードが配布される。高血圧の者、心臓疾患がある者、背中や首の障害がある者は乗車できない旨、オレンジチームでいいか不安な場合はグリーンチームでの乗車を強く推奨する旨が記載されている。緊張しながら目を通していると、係員が近づいてきて「ちゃんと読んだか？」と念押しをする。

途中退出口もあるが、ここまで来たら後戻りはできない。ＮＡＳＡの訓練用に使われているくらいだから健康な若者が乗るには問題ないはずだ。タイムリーなことに、その日は前澤友作さんが宇宙へ飛び立った日だった。40代半ばの前澤さんにできたのだから、私にもできる……と言い聞かせて前に進んだ。

4人一組で完全密閉型のライドに乗り込み、指定されたミッションをクリアしなくてはならない。私たち夫婦は、前に並んでいた金髪の女性2人と組むことになった。ちょうど私も金髪だったから、金髪の女3人と夫という組み合わせである。

乗車前に一列に並ばされ、モニター越しに説明が始まる。モニターに映ったのは、女優のジーナ・トーレスである。大手法律事務所を舞台にしたドラマ『SUITS／スーツ』で事務所の所長ジェシカ役を務めた実力派女優だ。ジーナはきりっとした面差しで、私たち一人一人にパイロット、コマンダー、エンジニア、オペレーターという役割を振った。乗車中に飛び交う指示に従って、操作盤のボタンを押さなくてはならないらしい。

乗車中にかかる重力も不安なのに、そんな中で英語の指示を聞き取れるのかさらに不安だ。

ジーナは「乗車中、前だけを見るように。決して横を向かないこと」と意味深な注意を残してモニターから消えた。フィクションの世界では「決して〜するな」と言われたら、その禁忌を破るのが常だが、完全にビビっていた私は「絶対前だけ見ていよう」と心に誓った。

ライドに乗り込み、発射までのカウントダウンが始まる。「Hold on!!　5、4、3……」、モニターには発射台が映っている。だが発射台は途中で途切れ、その先は雲、空である。発射した。その瞬間、強い力がかかり、背もたれに上半身が押しつけられた。これまで感じたことのない強い重力である。絶叫する金髪の女3人、無言の夫。重力は数十秒続いた。あまりに長いため、頭がぼうっとするくらいだ。感じたことのない感覚に、心臓がバクバクした。このまま続いたら一体どうなってしまうのだろうと思ったところで、大気圏を突破し、宇宙空間に入った。

考えてみると、実際のスペースシャトルは回転しながら発射する。先ほど感じた重力は座席が回転していたことで生じたのだ。回転による遠心力で、身体が背もたれに押しつけられたわけだ。これまで乗ったことがあるアトラクションは、高速で移動することによって重力を感じさせる作りだった。遠心力を利用したこのアトラクションとは基本の考え方が違うのである。「決して横を向くな」と先ほど言われたのは、このためだ。横を向くと、横移動・回転を感じて酔ってしまうのだろう。

その後私たち4人は、大いにとちりながら、なんとかミッションをこなした。地球に帰還したときは歓声があがった。

アトラクションを出て、何とも言えぬ達成感に浸った。夫も私と同じく、満足げな顔をしている。

ワクワクドキドキ、一体何があるのだろうという好奇心を抱かせ、いざ開始すると、これからどうなってしまうのだろうという不安を与えながら進行する。これまで一度も味わったことのない体験を経て、日常に戻ってくる。

これはまさにエンタメではないか。アトラクションを出たところのベンチに腰掛けながら、私はしみじみと考えた。

ある程度大人になると、体験したことのないこと、想像のつかないことが減ってくる。たいていの成り行きに想像がつくし、ワクワクドキドキする機会が減るのだ。思えば、子供の頃はもっと、未知への期待や不安に満ちていた。

ディズニー・ワールドの滞在中、初めてのアトラクションに沢山乗った。「これからどうなるのだろう?」とワクワクドキドキし、「きっとこうだろう」という予想を裏切る形で楽しませてもらった。そのたびに、脳が活性化し、気持ちが若返るような気がした。

こういうエンターテインメントを私も作りたいものだ、と思いながら帰路についたのだった。

ただ一つ、強く印象に残ったのは、作りもののスペースシャトルでも相当怖かったのに、本当に宇宙に行ってしまう人がいるということだ。前澤さん、あんたすごいよ……。見ず知らずのエンタメ作家が、前澤さんの無事の帰還をこっそり願っていた。無事帰ってこられたようで、胸をなでおろしている。良かった、良かった。

パリのディズニーランドで乗った「アベンジャーズ・キャンパス」というアトラクションもすごかった。スピードがとにかく速く、回転もするので、終始、前後不覚だった。次世代ヒーロー候補を訓練するための施設という設定らしいのだが、ヒーローになるのは、こりゃなかなか、大変だなと思った。

ラスベガス旅行

原稿をお待たせしている各方面の皆様に本当に申し訳ないのだが、ラスベガス旅行に行ってきた。米国では新型コロナウイルスの感染者数が落ち着き、マスクの着用義務やワクチン接種証明書の提示義務も解除されている。すっかりアフターコロナの様相だ。さらに子供たちの学校が春休みに入ったことから、観光客もぐっと増えたようだ。

ラスベガスに行ったと言うと、「カジノはどうでしたか？」とよく訊かれる。私はもともと麻雀が好きで、プロ雀士として活動していた時期もある。また大学院時代の研究論文のテーマは「賭博罪とカジノ法案」である。だからラスベガスに行けばカジノで遊んでくるイメージなのかもしれない。

だが実際には、カジノでは全く遊ばなかった。負ける確率のほうが高い勝負をわざわざしたいと思わないからだ。基本的にハウス（胴元）が儲かる仕組みになっているから、何度もギャンブルを繰り返せば確率的に負けへと収束する。勝つためには勝負は一回きりにして、その一回に予算全てを賭けるのがよいと思うが、そもそもそれで勝利する確率は低い。そんな勝負の何が楽しいのか分からない。

私はギャンブラーではなく、ストラテジストである。イチかバチかの勝負なんてしたくない。麻雀のように偶発性があるゲームでも、勝率が高くなるよう行動を積み重ねるのが重要であり、その戦略性が楽しい。その意味では、ポーカーのように一定の戦略性があるゲームはやり込めば面白いだろうと思う。

では何をしていたかというと、ラスベガスを起点に、グランドキャニオンやデスバレーを回っていた。定番の観光コースで、壮大な自然に大いに感銘を受けたのだが、特に印象的だったのはデスバレー国立公園である。

デスバレーとはラスベガスから車で3時間ほど移動したところにある砂漠地帯だ。面積は1万3０００km²超で、長野県と同じくらいの広さがある。バッドウォーターと呼ばれる地点は海抜マイナス86m、アメリカで最も海抜が低い。夏場は気温50度を超え、人が通年で暮らすのは難しい。砂漠地帯なので、基本的に水は少ない。水洗トイレはなく、“chemical toilet”と呼ばれる貯蔵タンク式のトイレが設置されているにすぎない。

第一印象は、暑い、乾燥している、何もない、である。黄土色の地表が延々と続く。まれにジュニパーと呼ばれる灌木《かんぼく》があるのだが、景色はかわりばえしない。生き物もいないし、文明の香りがするものは何もない。

一日かけてデスバレーを回るツアーに参加していたのだが、到着後2時間で飽きてきたくらいだ。空気が乾燥しているためか、指の爪はバキバキに割れていた。

早くラスベガスに戻りたいと内心思いながらもツアーガイドの案内に従って歩いていたところ、わずかに広がる水たまりの脇でツアーガイドが立ち止まった。

「水たまりの中に小さな魚がいるのが見える？」

水たまりをのぞき込むと、体長1㎝にも満たない小魚がぎっしり身を寄せている。集合体恐怖症の私は、ややぎょっとしながら魚を見つめた。

「この魚たちは可哀想で、そのうち死ぬ運命なのよ」とツアーガイドは言う。

パップフィッシュと呼ばれる魚らしい。1万年ほど前までは、このあたりに湖があった。現在、湖の水は減り小さい池になっている。池の中央にいればまだ生き延びられたかもしれない。だが、池から流れ出る分流に迷い込んだ魚は、水の蒸発とともにまもなく死ぬ運命なのだという。よく見ると、魚たちは水深の深いところに身を寄せていて、水量の少ない下流に流されないよう、必死に尾ひれを動かしている。しかし流されないように泳いだところで、分流に来てしまっている以上、数日のうちに死ぬのである。

カラスが水辺にやってきてパップフィッシュをつつき出した。東京で見るカラスの半分くらいの大きさだ。食べ物が少ない砂漠は、カラスにとっても厳しい環境なのである。

パップフィッシュに視線を戻すと、尾ひれを一層慌ただしく動かして、カラスから逃れようとしている。流されれば死ぬ、流されなくともカラスに食べられて死ぬ、カラスから逃れたところで数日中に死ぬ。何のために生まれて、何のために生きるのか、などと考えるのも馬鹿らしいほどの過酷な状況である。それでもパップフィッシュたちは本能的に生きようとしている。

私たちは葬式みたいに黙りこくって、バタバタと泳ぐパップフィッシュを見ていた。そのうちに腹が空いたので、休憩地に移動して、ターキーサンドイッチとポテトチップスを食べた。

夜にラスベガスに戻り、煌びやかなカジノの電飾を目にしたときには心底ホッとした。喧騒が気を紛らわせてくれる。騒々しさにどっぷり浸かれることに安心したのだ。

だが同時に、冷たいものが腹の底に沈むのも感じていた。私たちも遅かれ早かれ死ぬのである。少しでも長く生きようと足掻いてみたりしても、せいぜい数十年の違いであり、地球の歴史からすると誤差の範囲である。パップフィッシュと何が違うのだろう。絶望的でもあるが、むしろ妙な爽快感もあった。その日はホテルのレストランでフィレ・ミニョンをたらふく食べて、さっさと寝てしまった。

今でもパップフィッシュのことはたまに思い出す。だがそれと同時に、あの日の翌朝、ホテルで出てきたホットコーヒーがかなり美味しかったことも思い出す。人生の重みはその程度なのかもしれない。意味とかないんだろうなあとも思う。でも、それはそれでいい。美味しいホットコーヒーが飲めただけでも、生まれてきてよかったと思う。

イエローストーンで政治談義

先日、イエローストーン国立公園へ旅行に行ってきた。

イエローストーン国立公園は、アメリカ三大国立公園の一つである。北アメリカ大陸最大の火山地帯であり、様々な色の温泉、間欠泉を見ることができる。また、森にはバイソンやエルク、アンテロープ、ビーバー、オスプレイ、スノウシユーラビット等、多くの動物が生息している。いずれも日本に生息していない動物たちだ。

自然を感じるだけでも十分楽しい旅だった。だが今回は特に、予想以上に面白いことがあった。ガイドのビルさんである。

ビルさんはユタ州に住む白人男性だ。年齢はおそらく50歳前後。少し話してみると、西部の古き善き保守の香りがする。例えば、ビルさんは銃の所持年齢を18歳から21歳に引き上げることに懐疑的な立場をとる。

私自身は、毎日のように銃撃事件が起きるシカゴに住んでいるため、銃の所持年齢引き上げどころか、無免許での銃所持を禁止してほしいというのが素直な気持ちだ。２０２２年5月には、テキサス州の小学校で18歳の男が銃を乱射し、小学生19人、教員2人が死亡した。このような恐ろしい事件が起こると、当然銃規制の声が高まる。逆に銃規制に反対する人たちはどういう理屈で反対しているのだろうかと疑問に思っていた。

ビルさんの意見はこうだ。

アメリカでは18歳から軍隊に入れる。軍隊では当然銃を扱う。例えば19歳の軍人は、仕事上では銃を使うのに、プライベートでは銃を使えないことになる。一方では大人として扱っておいて、他方では子供扱いするのは矛盾している。軍隊という国家奉仕的・義務的な側面では銃を使用させ、危険な任務に送り出しておいて、プライベートでの銃所持という権利の側面では、半人前だからという理由で制限する。これは欺瞞《ぎまん》的だ。法律同士の平仄《ひょうそく》がとれていないのが問題だから、軍隊に入れる年齢を21歳からにするなら、銃所持も21歳からでよいという。

なるほどそう考えるのかと興味深かった。法政策論としても一定の筋が通っている。だが現実問題として、銃所持が認められていることで治安が悪化しているのは間違いない。そもそも市民に銃所持を認める必要があるのか疑問だ。

これに対して、ビルさんの答えは「地域による」というものだ。例えばアリゾナ州では、隣接するメキシコのギャング集団が国境を越えてやってきて、誘拐事件が多発していたという。だが銃規制が緩くなり、市民が銃を所持するようになってから、誘拐事件の件数は減った。市民の自衛のために銃が必要なのだという。こういった国境沿いの現実を、例えばワシントンで働く政府官僚たちは理解しきれていない。だからこそ各州の州法で規制を定めるべきであり、連邦法で一律の規制を敷くのは適切ではないとのこと。

これも確かに、なるほどそう考えるのかと思った。

ビルさんとの法律談義はまだまだ続く。ビルさんは憲法を厳格に解釈する立場をとっている。そのため近年問題となっているマイノリティの権利のために憲法を拡大解釈することには反対だ。

ビルさんは土地収用の例をあげていた。市民が住んでいる土地を国家が強制的に収用して、空港などを作ることがある。公共的なインフラ施設ならまだしも、州によってはスーパーマーケットのような営利施設を入れることもある。一市民が住んでいるよりも、大手スーパーマーケットに入ってもらったほうが法人税を多くとれるから、公共の利益になるというわけである。有用な市民とそれ以外を区別して、有用な市民以外を追い出してしまう不当な扱いだ。憲法上に定められている財産権の侵害にあたるはずだが、色々と特別な理由をつけて憲法違反ではないという整理がなされている。こういった取扱いは、憲法が厳格に運用されていれば起きないはずだ、というのだ。

憲法は権力から市民を守るものである。恣意的に運用されたら、市民の権利が侵害されるほうに働く。だからこそ、言葉通り厳格に運用すべきで、もし運用を変えたいなら憲法を修正するしかない、というのがビルさんの意見だった。

個別の論点については、私は異なる意見を持っているのだが、ビルさんの言うことも理解はできる。

法政策の話をしているとよくあることなのだが、「これは絶対にない（法学の議論として論理的におかしい）」という意見と、それ以外（一定の筋が通っている意見）がある。一定の筋が通っている意見は複数存在するので、そのうちどれに、より説得力を見出すかは個人差が出る。ただ、だから正解はないというわけではなく、それぞれの立場に基づいて議論をすることで、「どの意見が一番説得的か」というすり合わせをすることはできる。法学の議論というのはそのようにして進む。

学生の頃、理系の研究者に言われたことがある。文系の多くの学問は実験ができないし、理論的にも真が特定されない。だから学問として未熟であるというような指摘だ。「こいつ、何も分かってないな」と呆れたのを覚えている。そもそも理系分野の研究も、根底に哲学的な意味づけがなければ成立しえない。さらに理系分野の研究であっても結局は「今のところ一番説得的な仮説はこれだ」という限度でしか、真が特定できないだろう（常に反証の可能性があるのだから）。

半分愚痴になってしまったが、言いたいのは、一定の筋が通っている意見は複数ありえるし、異なる立場の者同士で議論することは有益だ、ということだ。当たり前のことのように聞こえるかもしれない。だが、現状、異なる立場の者同士で議論するということが非常に難しくなっているように感じる。世相のせいなのか、ＳＮＳの影響なのか、知的な水準の問題なのか、何が原因なのかは分からない。

もちろん「これは絶対にない」という意見に対して議論をする必要はない。だが「これは絶対にない」という判定が、最近はすぐに出るようになっている気がする。考えたり、調べたりすると、立場が異なる相手にも一定の筋が見えることがある。相手の考えの筋を理解することと、それでも相手は間違っていて自分は正しいと考えることは両立する。

道中、ビルさんと話しながらそんなことを考えた。誰かと政治的な議論をしたのは久しぶりだった。アメリカ国内の法政策について、アメリカ人同士が議論するとピリッとしてしまうが、外国人相手だとよりフラットに話せるのだろう。

私自身、親しい友人でないかぎり、政治的な議論はしないようにしている。異なる立場でも議論できるという信頼関係がないと、そもそも議論が成立しないからだ。それに大事な問題であればあるほど、色々と考え込んでしまって、何も言えないことが多い。

ただ小説家として唯一できることは、作品の中で多面的な人間を描くことだ。例えば、本人なりに理屈をもって生きている悪役を描く。あるいは主人公自身が一般の読者とは異なる行動原理で動いている。小説の良いところは、そういう人間たちの生きざまを追体験し、共感し、理解できるところだ。

今回は真面目な話になってしまったが、それはそれとして、楽しい旅だった。

　SNS等ではあまり社会問題に触れないが、関心がないわけではない。当然考えている。というか考えすぎて何も言えなくなっている。スパッと割り切れない問題を、ゴニョゴニョ考え続けるのが知的に誠実な姿勢だと思う。

ナイアガラの滝行

日本に戻る前にどうしても行ってみたい場所があった。ナイアガラの滝である。

先日イエローストーンに旅行したとき、そこで見た滝があまりに圧巻、大迫力で感銘を受けた。遠く離れた対岸からでも「ゴゴゴゴッ」という地響きのような水の音が聞こえた。

日本では滝というと、山の緑をかき分けた先にある荘厳な場所であり、細長い水流がひょろひょろっと落ちてくるイメージである。だからこそ、滝つぼで滝にあたる「滝行」のようなものが可能なのだ。

そのイメージで滝を見に行ったので、あまりの違いにしばし立ち尽くした。こちらの滝は、水流が多く、太く、長く、雄々しい。とにかくダイナミックだった。

滝を見ていると、幼少期に繰り返し観たディズニー映画『ビアンカの大冒険』シリーズを思い出した。ネズミの国際救助救援協会のメンバーがアホウドリ航空の背中に乗ってレスキュー活動を行う冒険活劇アニメである。第2作である『ゴールデン・イーグルを救え！』では、川の激流にのまれ、滝つぼに落ちるシーンが一つの見せ場になっていた。

作中の舞台はオーストラリアなのだが、さすがにこんなに大きい滝はないだろう、誇張しているのだろうと幼心に思っていた。だが、イエローストーンの滝を見て、実際にすごい滝があるぞ！　と胸が躍った。

アメリカの滝といえば、やはりナイアガラの滝だ。世界三大瀑布の一つであり、落差52ｍ、幅675ｍのカナダ滝と、落差58ｍ、幅330ｍのアメリカ滝からなる。幅675mの滝って、どういうこと？　と思うのだが、観光サイトにある航空写真を確認すると、確かにそのくらいはありそうである。
　カナダ滝の滝つぼ近くまで船で行くツアーと、アメリカ滝近くに通された道を歩いて（あたりたければ）水しぶきにあたれるコースがあるので、その両方に参加することにした。

　申し込みを済ませると、ビニール製のポンチョを渡される。USJの一部アトラクションに乗車する前に購入するような、アレである。アメリカ人は基本的に、小雨程度では傘を差さないし、多少濡れても気にしない傾向があるように思うのだが、そんななかで、全員にポンチョを着用させるなんて、のっけから異様である。
　さらに、大きい荷物の持ち込みは禁止されている。荷物を持っている人もせいぜい、小型のポシェットをポンチョの下に仕込むくらいのものだ。

　出航し、まずはアメリカ滝の横を通過する。近づく前から音がすごい。ゴゴゴゴ……と滝が水面にあたる音が響き、声を張らないと船上で会話できない。滝の横にさしかかると、横風と水しぶきが激しくなる。必死にポンチョをつかんでガードするも、顔はそれなりに濡れた。
驚いたことに、滝すれすれのところで、クロワカモメの一群がプカプカ呑気に浮いている。すぐ近くを観光船が通ってもお構いなし。周辺の環境に慣れきっているのだろう。荒れ狂う滝、慌てる人間、それらに囲まれて一切動じないクロワカモメ……なんともシュールな光景だと思っていると、船はカナダ滝のほうに近づいていく。

カナダ滝は、正直何が何だか分からなかった。滝からくる風が強く、ぼんやりしていると吹き飛ばされそうだ。向かい風を受けて、ポンチョはピーン！　と身体にはりついている。船に乗っている各人がその状態だから、周囲を見回すとちょっとした現代アートのようだった。

視界があるのも最初のうちだけだ。じきに、まっしろな霧に包まれて、前後不覚になった。ときおり見える水面は、ぐるぐると渦巻いていて、なんでこんななかで船が進めるのか、現代の航海技術に感謝の念が湧いてくる。
隣にいた夫も同じ気持ちだったようで、「俺、遣唐使の気持ちが分かったよ」

とつぶやいた。普段なら笑ってしまったかもしれないが、そのときはそれどころではない。船の甲板の手すりにつかまって、やっとのことで立っていた。

写真を撮れる状況ではないのだが、一部の強気な観光客は、そんななかでもiPhoneを取り出し、びしょ濡れになりながら笑顔でサムズアップして、写真を撮っている。果たして彼らのiPhoneが無事だったのか心配である。

途中からだんだんと荘厳な気持ちになってきた。大いなる地球、空、海、川……といった単語が頭の中をぐるぐると駆け巡り、ハァ神様、私たち愚かな人間をお許しください、といった気分に陥るのである。

滝から抜けて帰ってきたときには、ニッコニコというよりは、一戦交えたあとの戦士のように、それぞれにキリリとした表情を浮かべている。そして、ポンチョがあったにもかかわらず、結構濡れた。

その足で、アメリカ滝の近くまで歩いていくコースに参加した。

歩道のすぐ横を勢いよく滝が流れている。見た目は、テレビで見るような暴風雨による氾濫の様子に近い。だが実際に現地で見てみると、景色よりもまず音がすごい。耳に響く、身体に響く音である。滝の近くまで行くと、それはもうただ、降ってくる水を頭からかぶることになる。水流は強く、ドスッという感じで、水が頭や肩にあたる。当然びしょ濡れになって出てきた。

実はその日、ナイアガラの周辺では強い通り雨があった。普段だったら豪雨の中、外を出歩いたりしないのだが、すでに濡れている身、怖いものなしで雨の中をほっつき歩き、なんだかとても爽快だった。

そして帰路についたとき、ふと鏡で自分の顔を見て、気づいた。ファンデーションは落ちていたが、マスカラだけはにじまず残っている。ヒロインメイクのウォータープルーフマスカラが、ナイアガラの滝に勝利したのである。滝行にも屈しない日本のマスカラを、今後も愛用していこうと思った。

そういえば、以前ボストンで出会ったヘアメイクさんも、ヒロインメイクのマスカラを愛用していた。「色々試したけど、日本のこのマスカラが最強だと思う！」とのことである。

第二章　あれもこれも好き

アニメにハマりました　1

食わず嫌いは良くないと思いつつも、どうしても食指が動かないものがある。その筆頭がアニメである。

私は昔から内輪ノリが苦手だ。クローズドな空間で楽しむぶんにはいいと思うが、内輪にしか通じない用語や言い回しを公然と使うのを目にすると、気持ちが萎えるのだ。だから、SNSで目にするいわゆる「オタク」の言論空間は得意ではない。タイムライン上に流れてくるものは、見て見ぬふりをして、そっと閉じるようにしている（私に合わないだけで、そういった言論空間がダメだというわけではない）。

アニメに関する感想には、ハイコンテクストな言い回しが使われることが多く、なんとなくアニメに苦手意識を持っていた。

内輪ノリが嫌いなのは、学生時代の経験が影響していると思う。宮崎県で育った私は、文化的に高尚とされるものや、いわゆる「ハイカルチャー」とは無縁の生活を送っていた。本を読むのは好きで、よく図書館に通っていたが、読むのはもっぱらミステリーや冒険小説である。純文学と呼ばれるものを手にしても、正直「何を言いたいのか分からない」と思った。都会に出てカルチャー的なものに触れる機会も増え、大学で高等教育を受けて初めて、「そういった高尚なもの」の魅力や面白さに気づけた。

この経験から学んだことが二つある。

一つ、今分からないものも学びを積み上げると分かるようになるから、分からないというだけで嫌いになってはいけない。「分からない」という気持ちを大事に抱えて持っておくと、10年越しに解決することもある。だから「分からない」という気持ちを誤魔化さず、大切に抱えておきたいと思う。

二つ、「分からない」という思いをなるべく他人に抱かせないようにしよう、ということだ。一つ目と矛盾するようだが、矛盾はしない。自分の「分からない」を許容するが、他人には「分からない」を押し付けないようにしたいのだ。何かモノを書いて、その内容を「分からない」と言われたとき、「今分からないかもしれないけど、いつか分かるかもしれないから、大事に抱えておいてね」と他人に言うのは違うと思う。そもそも、分かるように書けという話だ。

学術書や専門書だと内容の良さと分かりやすさは一致しないのだが、小説に関しては「分かりやすさ」を諦める必要はどこにもない。現実問題として、読者の読解能力には大きな差があって、読者全員に分かるように書くことは不可能なのだが、だからといって「全員に分かってもらわなくてもいいや」と開き直るのは違うと思う。

「分からない」という状況はとてもストレスフルである。分からないものに触れると、自分の感性や理解力が足りないような気がして自己肯定感が下がる。「分からない」と公言するのは恥ずかしいし、分かったことにしておこうかとも思う。分かるように表現しない奴が悪いと苛立つこともある。「分からない」は本当にストレスだ。自分を否定された気持ちになる。「あなたは客ではない」と排除されたように感じる。この疎外感は根深く心に残り、そのジャンルや物事に対する苦手意識が蓄積されていく。

小説の書き手になってみて改めて実感しているのだが、この疎外感は単なる被害妄想ではない。書くときにやはり「どういった読者に読んで欲しいか」を考えるし、メインターゲットにとって楽しい物語になるよう設計する。すると、「想定読者」以外の読者は自動的に振り落とされてしまう。

卑近な例だが、ラブホテルに入ったときに備え付けのドライヤーが古いモデルだと、ホテル自体にがっかりする。たいていそういうホテルには化粧水や乳液といったアメニティはない。それなのに大人のおもちゃの自動販売機は充実していたりする。つまり、このラブホテルは女を客と見ていないのだ。男が客であり、男に楽しんでもらうための空間を作っている。

小説でも同じようなことがある。何の変哲もない男性主人公に対して、周囲の複数の女性が心を寄せる展開は明らかに男性向けである。他方で、真面目さだけが取り柄の地味な女性主人公の頑張りをこっそりイケメンが見ていてくれて、実は片思いをしてくれているといった展開は明らかに女性向けだ。

ミステリー小説でも同じだ。謎解きの大事なシーンを誰に担わせるかに作者の恣意的な判断が入る。例えば女性読者向けのミステリーを書くとする。女性主人公が全て自分で解決したほうが女性読者は喜ぶかもしれない。いやむしろ、ミスをした女性主人公を脇役のイケメンが助けてくれる展開にしたほうが女性読者は喜ぶだろうか。そういうふうに考えながらお話を組み立てていくから、当然、「想定読者」から振り落とされる人たちが出てくる（今回はたまたま、男女という性別に着目して説明したが、実際は年齢や居住地、教育水準、文化水準など様々な要素で振り落とされることがある）。

書き手にこういう話をすると、「仕方ないんじゃない？　言語コミュニケーションの限界だ。伝わらない人には伝わらないよ」という反応が返ってくることが多い。本当に仕方がないのだろうか。私自身ずっと「振り落とされる側」だったからこそ、簡単には割り切れない。万人受けはできないから、誰かに深く刺さればいい、というのはその通りだ。でも、誰からも想定読者に選ばれない人はどうなるのだろう。そういった人たちには娯楽が提供されなくてもいいのだろうか。

さて、大きく脇道にそれたが、アニメの話である。

こういった背景もあって、私はアニメに苦手意識を抱いていた。内輪の人たちがハイコンテクストな言語を用いて「キャッキャ、ウフフ」しているイメージがあったのだ。アニメ界隈にいる人たちの独特のノリについていけないとも感じていた。人がアニメについて話すとき、たいてい早口だし、よく分からないアニメ用語を使うし、何が何だか分からない。どうしてもっと普通に話さないの？　と冷めた目で見つめていた。

だが、そんな苦手意識が一変することがあった。ある編集者に薦められて観た『転生したらスライムだった件』との出会いである。長くなったので次回に続く！

分かりやすさという意味では、アニメは比較的分かりやすいコンテンツだと思う。それなのに、苦手意識を持っていたのはなぜなのか……。やはり、お約束や内輪ノリみたいなものが苦手なんだと思う。

アニメにハマりました　2

アニメにハマった話をしようと思っていたのに、前回の記事ではこれまでアニメに食指が動かなかった理由を語っているだけで終わってしまった。

アニメに詳しくないといっても、アニメ鑑賞の経験が皆無というわけではない。子供の頃は『美少女戦士セーラームーン』や『キューティーハニー』『カードキャプターさくら』などを観ていたし、学生時代には友人から薦められて『TIGER & BUNNY』『少女革命ウテナ』『けいおん!』『新世紀エヴァンゲリオン』シリーズなども観ている。

どれも面白かった記憶はあるが、面白いなあと思うだけで、それ以上深く鑑賞したわけではなかった。私の感受性、受け取る力が足りなかったためだ。

大人になって、さらに作家になって改めてアニメを観ると、これはすごいな、と思う点が多々あり、目から鱗が落ちるようだった。

きっかけは仕事だった。作品のために必要となり、編集者さんから薦められたアニメを順番に観ていった。一番初めに観たのが『転生したらスライムだった件』だ。

最初は非常にとまどった。

異世界転生もののお約束が分かっていないので、どうして転生したのか全然飲み込めない。『ドラゴンクエスト』をプレイしたことがないので、スライムが何者なのかを知らなかった。周辺情報を調べて、どういうことなのかやっと理解できた。

続けて、『乙女ゲームの破滅フラグしかない悪役令嬢に転生してしまった…』『Re《リ》：ゼロから始める異世界生活』『月が導く異世界道中』等々、異世界転生もののアニメを順番に観た。

異世界転生ものゆえの特殊性はあるが、小説とは異なるアニメ特有の表現方法が非常に勉強になった。ここでいくつか紹介しようと思う。

①オープニング映像

オープニング映像は音楽とともに作品世界の導入をしてくれる。単純に音楽や映像の美しさを楽しむことができるが、小説技法でいうと「カットバック」に相当する効果があってすごいと思った。

補足すると、小説でいうところのカットバックとは、時系列をさかのぼって回想シーンを挿入したり、時系列的には後で起きる出来事を先に提示したりすることだ。典型的なのは、作品冒頭に衝撃的なシーン（主人公が絶体絶命のピンチ等）を出したうえで、「どうしてこのようなことになったのかというと……」と日常パートから話を始めるような作りだ。

冒頭で読者の興味を引き付ける内容を提示したいだろうし、「この話を読んでいくと、こんなに面白いシーンが用意されていますよ（だから読んでみてよ）」と伝えたくなる気持ちも分かる。

だが、私はなるべくカットバックは使わないようにしている。時系列が乱れると分かりづらくなるし、読者の感情移入も乱れるのだ。カットバックは作者にとっては便利な手法だ。けれども読者には負担を強いることになる。作者が楽をして読者に苦労させるのは良くないと思う。だから、よほど構成上の効果や必要性がある場合以外は、カットバックは採用しないように心がけている。

アニメのオープニング映像は、視聴者に負担を強いることなく、むしろ楽しませながら、カットバックと同様の効果を与えている。アニメの冒頭では登場するキャラクターも限られているし、戦闘シーンなどの見せ場も多くない。「この先の展開で、こんなに魅力的なキャラクターが出てきて、ド派手な戦闘がありますよ」と告知しておきたい気持ちは分かる。

オープニング映像では、後から出てくるキャラクターのビジュアルを見せることで「このキャラクターはどんな人なのだろう？」と視聴者の興味を引ける。動きのあるシーンを入れることで、見せ場への期待を高めることもできる。

カットバックの欠点を消して長所だけ残した鮮やかな手法だと思う。

②複数キャラクターの描き方

画面に複数のキャラクターが映っているときの処理も面白い。

例えば主人公が何か言ったときの周囲の反応を描くとしよう。セリフを聞いたABCの3人のうち、Aは悲しい顔をして、Bは無表情、Cはシニカルに微笑むというように、キャラクターの性格によって反応が分かれることがある。アニメだと画面の中で表情の描き分けが自然にできる。注意深く観る視聴者しか気づかないかもしれないが、細かい表情はキャラクター造形にとってとても大事だ。

他方で小説だと、いちいち地の文で書かなくてはならない。「私が……と言うと、Aは悲しげに目を伏せ、Bは眉一つ動かさず、Cは皮肉っぽく微笑んだ」などと書くと、話のテンポが悪くなる。テンポを悪くしてまで伝えたいことでもないから、後に続くセリフでニュアンスを表現する（こういう表情だろうと想像させる）にとどめるといった工夫が必要になる。

他にも、みんなで食事をする場面を入れれば、食べ方によって各人の性格を表現することができる。これも小説でやろうとすると地の文が長くなり、話のテンポが落ちる。

多くのキャラクターを出してもそれぞれの個性が伝わるのは、アニメのこういった特性がうまく使われているからだろう。

③主人公の描き方

さらに、主人公の表情を描きやすいという点もある。

小説では、三人称を使ったとしても主人公自身にはりついて、一人称的に書いていくものが多い。分かりやすくなるし、読者が感情移入しやすくなるからだ。だがそういった書き方をすると、主人公の五感は描けても、主人公がどういう表情をしているのかを外から描くのは難しくなる。

主人公が笑顔を作ったり、口を開いたり、意図的に行う動きは小説でも描ける。一方で例えば、主人公が傲慢になっていることに自分では気づいていないが、その傲慢さを読者には伝えたいとする。これは小説では結構難しい。主人公のセリフや相対する人物の反応で伝えるしかない。アニメの場合、主人公の表情を描いてしまえる。読者にとっても分かりやすい。

上記①〜③いずれも、読者の負担を増やすことなく、作劇上の効果を高めている。小説で同じことはできないぶん、同じ効果を小説で狙うならどうやるかと考えさせられ、非常に勉強になった。

ちなみに、異世界転生ものに限ってみれば、ジャンルのお約束やゲームでの常識を下敷きにすることで説明コストを大幅に削減している点が興味深かった。読者・視聴者にとっても理解コストが下がるだろう。ただそれは前提となるお約束やゲームの常識を知っている読者に限った話だ。前提にしてよい知識レベルはどこなのか、振り落とされる読者はいないのか、線引きは難しいと感じた。

その後も、話題にあがったアニメをどんどん観ているが、気づかされることがとても多い。面白いアニメ、おすすめのアニメがあったら、是非教えてください。

私はせっかちで、通常速度で再生するとセリフがゆっくりすぎてイライラしてくるので、倍速で観てしまう。そういう視聴方法は良くないと巷で言われているらしいのだが、自分の好きなペースで楽しませてくれ！　とも思ってしまう。小説のように自分のペースで楽しめるコンテンツに慣れきっているせいだろうか。

イケてる女性への道

2月21日で31歳になった。若いと思うかどうかは、これを読んでいるあなたの年齢次第だろう。

年齢ほど相対的なものはない。自分を基準に判断するしかなく、それが何歳だったとしても自分より年下だと「若い」と感じる。一方で、自分より年上の者に対しては無邪気に「年寄り」扱いしてしまう。

例えば、私の小説の師匠は今年で78歳になる。その彼が、84歳の別の人を指して「あの人は年寄りだから話が長い」と言うのだ。

先日、宮崎県の高校生と語り合うイベントに参加した。高校生の一人に「新川先生は26歳から小説家を目指されたと聞きました。遅いスタートでも諦めないでいられた秘訣は何ですか？」と訊かれて驚いた。作家のデビュー平均年齢は40歳くらいである。自分は早いデビューだと思っていた。だが私自身が高校生だったときのことを思い返すと、2〜3年先のことしか考えられず、それより先の未来はモヤがかかったように漠然としていた。高校生から見ると31歳はかなり年長に感じられるだろう。

個人的には、30歳からガクッと体質が変わった。

まず徹夜がきつくなった。一度徹夜をすると、その後3日間は生活リズムが崩れて元に戻らない。以前は翌日昼間に寝て、また夜から寝ることができた。だが寝るのにも体力がいるらしい。最近は昼に寝ると夜に寝つけないのだ。

さらに、脂肪のつき方が変わってきた。1〜2キロ太ったとき、以前なら顔がパンパンになったものだが、最近は二の腕や背中に肉がつくようになった。

肌のハリが失われ、頬は伸びきったゴムのようにだるんだるんしている。目元がぼんやりしてアイメイクが映えない。切れ毛やアホ毛が多くなり、髪の清潔感がない。

年上の友人知人にそんな話をすると、「まだまだこれからよ」と言われることが多い。とはいっても、実感としてガクッときているのだ。実際は毎日徐々に加齢しているはずだが、突然気づいてびっくりしてしまった。

出かけたり人に会ったりするとき、何を着ていけばいいのか、メイクをどうするか、髪はどうまとめるか等々、悩むことばかりだ。以前まで気に入って着ていた服が急に似合わなくなり焦る。メイクもなんだかしっくりこない。

いつまでも若々しい美魔女になりたいわけではない。いい感じに歳を重ねた大人の女性、イケてる女性になりたいのだ。お金をかければいいというわけではなく、何か精神的な、自分との向き合い方が重要な気がする。

友達に相談するのもなんだか恥ずかしくて、とりあえず本を読むことにした。困ったとき、悩んだときには、本を読むことにしている。ネットで検索しても得られる情報の深度や密度が期待を超えないことが多い。その点、本は良い。本を書くというのは大変な作業だ。書籍化に至る過程で著者の考えが煮詰まってくるから、濃いエッセンスに触れることができる。

色々と読んでみたが、特に印象に残ったものをいくつか紹介しよう。

第一におすすめしたいのが、川﨑淳与さん著『80代の今が最高と言える』だ。

川﨑さんは、主婦として子育てを終えたあと、61歳でギャラリーワッツを設立し、多くの作家をプロデュースしてきた方だ。73歳で「海外でひとり暮らしをしてみよう」と渡仏し、リヨンでアパルトマンを借りて滞在。ひとり遊びが必要な年齢になったと感じ、チェロを習い始める。無我夢中の20年間を経て、80代の今が一番充実しているという。

経歴だけでも興味を惹かれるのだが、言葉の端々に宿る精神性に感銘を受けた。ホイットマンの詩の一節「若きはうるわし　老いたるは　なおうるわし」が引用されている。歳をとることで様々な経験が自分の中に蓄積される。自分の心を動かす経験を重ねると、心のひだが増え、人間としての厚みになる。82年間生きてきても自分の心のひだはまだ十分ではない。本書の執筆中、川﨑さんは自身が末期がんに侵されていることを知ったという。病を得ても、何歳になっても成長の階段をのぼり続ける。それが生きるということだと締めくくられている。

本書の発行日は2020年7月2日だが、調べてみると同30日に川﨑さんは永眠されたという。一本筋の通った生き方をされた人で、その軌跡の結晶が本書に遺されていると思う。心を打たれる本当に良い本だった。

川﨑さんの私服やアクセサリー、テーブルセッティング等々、収録されている写真も素敵だ。年を経て何度も読みなおしたい一冊である。

次に紹介したいのは、光野桃さんの著作群だ。光野さんは元女性誌編集者で、30歳頃に夫についてイタリア・ミラノに移り住み、文筆活動を始めた。どの著作も素敵なのだが、加齢に伴う戸惑いを感じている方には『おしゃれの幸福論』と『白いシャツは、白髪になるまで待って』をおすすめしたい。

『おしゃれの幸福論』は、歳をとり変化する女性たちへのエールのような一冊だ。社会的な役割をこなそうと必死に走り続けた女性たちが、40代、50代に入った頃にふと足を止め、「私ってなんだろう？」という悩みに直面する。服が似合わない、おしゃれが楽しくないのは、自らの内面が変化し、転機が訪れているからだ。光野さん自身、子育て、鬱病、母の介護を経て、10年間ほど身も心もボロボロになった。そこには、バリバリ働いていた若い頃には想像もつかなかった世界が広がっていた。光野さん曰く、揺れたり落ち込んだり、悩んだりしながら、行きつ戻りつして進むことこそが女性本来の生き方であり、変化するのは女の「仕事」だという。失われた身体のライン、もう似合わない服、コスメでは粗を隠せない肌等々、加齢による変化は「喪失感」として私たちの胸に去来する。だが、それは喪失ではなく変化なのだ。似合わないものができたぶん、新たに似合うものもできる。

そして、『おしゃれの幸福論』から年を経ること5年、60代になった光野さんがつづるのが『白いシャツは、白髪になるまで待って』だ。2冊を読み比べると、5年分の光野さんの変化が感じられる。変化するのは女の仕事と言うが、それではどう変化するのか？　の実例を見せてくれている。

加齢に伴う変化、戸惑い、不安。身近な人には相談できずとも、孤独ではない。先人たちが少し先で明かりをともしてくれているからだ。その明かりを頼りに手探りで進んでいく。後から来る人に恥じないよう私も爪痕を残せたらと思うものの、爪痕どころか、いつまでも治らないニキビ痕に心を乱されている。イケてる女性への道は遠い。

このエッセイを書いてから1年が経った今は、もはや自分の外見があまり気にならなくなってきた。「歳とると、そういうのから降りられるからいいよー」と聞いたことがあるが、まさにその通りだと思う。ただ、お酒落をするのはやはり楽しいと思う瞬間もあるから、厄介である。

税金と戦争と国際法

個人事業主にとって、2月は確定申告の季節である。1年分の領収書とにらみ合いながら、納税額に思いを馳せる。税金は嫌いだが、仕方なく払う……というあなたに、少し立ち止まって考えて欲しい問題がある。

「国が税金を取るのと、盗賊が金を強奪するのは、一体何が違うのか？」

この問いを、例えば子供から訊かれたら、どう答えるだろうか。

盗賊は暴力を使う点が違うだろうか。しかし税金も、未払いを決め込めば最終的に強制執行で実力行使される。盗賊と変わらない。

税金は選挙を通じて民主的に構成された議会で決められているが、盗賊にはそういった民主的な基盤がない、とも考えられる。だがそうすると、王政・帝政の国では税金と盗賊は同じなのか。直感として、そのような国においてもやはり、税金と盗賊は違うような気がする。

簡単なようで、クリアに答えるのが難しい問いなのだ。

私がこの問いに直面したのは、大学生の頃だ。法哲学者の井上達夫先生の講義だった。

様々な可能性を議論したのち、井上先生はある仮説を提示した。曰く、「国家は税金の徴収に何らかの正当化根拠が必要だが、盗賊には不要である」。

もう少しわかりやすく説明する。

国が税金をとるときには「法律で定められています」「この法律は民主的な議会で作られました」、あるいは「正統な王朝が定めた税制です」などと、正当化が必要になる。法律の中身についても「気まぐれで定めました」ではいけない。「〜という事実があり、それに対応するために〜という定めにしました」と制定理由をつける必要があるだろう。

他方で、盗賊にはそのような正当化根拠はいらない。欲しいから盗る、以上である。

国は正当化に失敗することがある。俗に言う「悪法も法たるか」問題である。例えば、古い統計事実に基づいて定められており、現代においては悪影響しか与えていない法律もある。そういった法律は順次改正されるわけだが、改正前の段階では有効なので、悪法と分かっていても（国が正当化に失敗しても）従わなくてはならない。

国は正当化に失敗することがあるが、正当化を試みている限りは、悪法にも従う必要がある。正当化を試み続けるという点が、国と盗賊を分かつのだ。

この説明を聞いたとき、なるほどと思うと同時に、一つの疑問が浮かんだ。

国が正当化の試みすら放棄した場合はどうすればいいのだろう。そのような事態に至ったら、すでに国家的基盤が失われていると考えて、革命を起こしてもいいのか。

私は挙手をして質問した。井上先生の答えは「それ（革命）も致し方なかろう」というものだった。論理的にはそのような帰結になるのも分かるが、感覚としては据わりが悪い。もやもやとした気持ちを残したまま、講義が終わった。

井上先生と交わした会話は私の中にずっと残っていた。ニュースを見るときに「これはオーケーか、アウトか」と常に意識するようになったからだ。

例えば、不祥事を起こした政治家が不祥事の釈明を必死に行っているうちは(説明が不十分だとしても)まだよい。だが不祥事を認めたうえで「だから何だ?」と開き直り始めるとアウトである。平たく言えば「せめて建前を守ってくれ」という話だ。

建前がどれだけ建前然とした理想論や机上の空論だったとしても、ないよりはマシなのである。建前すら放棄して「何でもアリ」となってしまうのが一番怖い。

だが近年の言論空間においては、建前を笑い冷やかす「冷笑系」の言説がまま見られる。

「戦争反対などというお題目を唱えても仕方がない」「侵略戦争は国際法違反だ

というが、強制力が乏しい国際法など無意味である」といった言説だ。
「戦争はいけない」という建前が存在する世の中で戦争をするのと、「戦争してもいい」と正面から認められた世界で戦争をするのは、果たして同じなのだろうか。「戦争はいけない」とお題目を唱え続けることそのものに、法と正義の支配する世界の根底があると思う。

2022年2月24日、ロシアがウクライナへの侵攻を開始した。純然たる侵略戦争であり、明確に国際法違反である。SNS上で、「国際法違反であるロシアの侵攻を止められないのなら、国際法を学ぶ意味があるのか」といった趣旨の言説を目にした。法を学ぶ者による問題提起だったそうなので、非常に驚いた。法に携わる者がそのようなことを言う世の中になってしまったのか。

国際法がない世の中になれば、ロシアの侵攻を非難する道具すらない。力がある者が何をしてもいい世の中になってしまう。無秩序で弱肉強食な世界に、国際法は「建前」を持ち込んでくれる。十分な力はないかもしれないが、全く力がないわけではない。国際法を盾に外交を進めることもできる。

平和を願うと同時に、平和を支える知的な取り組みが放棄されないことを祈っている。

最近目立つ「冷笑系」言説、個人的にはあまり好きになれない。たいていの場合、学問的な誠実さを欠いているように感じられるからだ。ただ、「冷笑系」にすがらないと気持ちを保てない現実があるのも分かるから、難しいなあと日々思う。

趣味は何ですか　バーキンを求めて

よく訊かれて困る質問がある。「趣味は何ですか」というものだ。以前ならば「麻雀」と答えていた。だが最近はコロナの影響もあり、麻雀をする機会はがくんと減ってしまった。趣味は麻雀と答えるのもおこがましい状態だ。

本音を言えば、趣味は「バッグを愛でること」である。このエッセイ連載を以前から読んでくださっている方は、私のバッグ偏愛ぶりをご存じかと思う。最近では、エルメスパトロール（通称「エルパト」）をするのがもっぱらの気晴らしになっている。

不肖生意気ながら、バーキンを探しているのだ。

作家デビューが決まったとき、次の目標を「自著累計100万部突破」と定めた。一つの作品で100万部を超えるのは難しいが、こつこつ書いて作品数を重ねれば、累計100万部は夢ではない。100万部を目指してたくさん書いていこうと思った。そして100万部を突破したら、夢のバーキンを買うのだ、と決めていた。

ミーハーではあるが、バッグ好きにとってバーキンはどこかで越えなければならない壁である。だが単にお金を出して買えばいいというものではなく、バーキンに見合うだけの仕事をして初めて、胸を張って所持できる。その「そろそろバーキンを持ってもいいよね」というラインが、私にとっては100万部突破なのである。

そして、デビューから1年5カ月が経過した2022年6月現在、自著累計95万部までできている。ついにバーキンに王手がかかった。ここまできたらもう誤差の範囲である。バーキンを見つけ次第、購入しよう。そう決めて、エルメスの店を回った。


だが、（エルメス愛好家にとっては常識なのだが）バーキンにはなかなか巡り合えない。店頭に並ばないので、販売員さんに「バーキンの入荷はありますか？」と訊いて、在庫確認をしてもらう。そしてその在庫というのが、あったためしがない。百貨店に入っているエルメスだと、外商がお得意様のために在庫を押さえているという話も聞く。路面店であっても、おそらく大口顧客のための在庫確保が行われているだろう。私のような「流し」の客には在庫が回ってこないのだ。

とはいっても、可能性はゼロではない。実際にバーキンを所持している人や販売員さんたちからも聞いたのだが、在庫さえあれば「流し」の客にもバーキンを売ってくれるようなのだ。タイミングさえよければ、ということである。

私は粘り強くエルメスを回った。銀座、表参道、日本橋、横浜、梅田、京都、博多、ボストン、シカゴ、ラスベガス……日本各地、米国各地のエルメスである。出張や旅行でどこかに出かけるたびにエルパトをしている。〆切を一つ終えたらエルパト、もう一つ終えたらエルパト。どうせ在庫はないと分かっているのに、一縷《いちる》の望みをかけてエルパトしてしまう。シカゴの店舗では在庫を尋ねるたびに、（なぜか）綺麗なブリティッシュイングリッシュで“No, we do not have any.”と言われる。これは結構強い断り文句だ。一日に何度も同じことを尋ねられるのだろう。もはや販売員さんに“No.”と言われるのがちょっと癖になってきて、自宅からエルメス店舗まで徒歩30分の道を往復するのが、散歩コースのようにもなっている。

ここまで探して、どうして見つからないのか。銀座の中央通りを歩いてみてほしい。10分、15分のあいだに、バーキンを持っている人を何人も目撃するだろう。こんなに持っている人がいるのに、どこにも売っていない。みんな一体、どこで買っているんだ。皆さん、エルメスの大口顧客なのですか。世の中にはそんなにお金持ちが多いのですか……。

100万部を突破したらバーキンを買おうと思っていたが、100万部を突破することよりもバーキンを買うことのほうが難しいではないか。失意で膝の力が抜けそうになりながらも、やはり諦めきれずエルメスを回る。ここまでくると意地である。思えば、エルメスに出入りするようになってから5年ほど経つが、一度もバーキンに出会えたことがない。最近はコロナによる物流難で、バーキンどころか他のバッグの在庫もままならない状態だ。

実は、バーキンを手に入れることだけを目指せば、他に手段はある。ぱっと浮かぶだけでも二つの方向性がある。

第一に中古で手に入れるということだ。新品はほとんど出回っていないのに、中古市場にはたくさん在庫がある。質店やブランドショップにも売っているし、メルカリにも多数出品されている。アメリカでは"The RealReal"という中古売買プラットフォームがあり、毎日のようにバーキンが売りに出ている。
もう新品は諦めて中古で買ってしまおうかと何度も思った。しかし、中古で買っては負けだ、と胸のうちでささやく声もある。

中古品が悪いというわけではない。前の所有者が大切に使ったものなら、こちらも気持ちよく使うことができる。廃盤になったモデルやヴィンテージの品など中古でしか手に入らないものもある。

だがバーキンの場合、中古なのに、新品より高値がついているのが気に入らない。生産量の少なさと流通の偏りによって、妙な稀少性が生じ、中古市場が歪んでいる。人工的な稀少性と市場の歪みによって吊り上げられた値段を払うのが、お金の使い方としてどうしても我慢ならない。だからいつも、いっそ中古で買ってしまおうかと思いながらも、踏みとどまっている。

第二の方向性として、エルメスでたくさん買い物をして顧客として認めてもらうことがある。同じ店舗で同じ販売員から一定額以上の買い物をし続ければ、担当がつく（＝顧客として認めてもらえる）だろう。

しかしこの道も歩みたくない。私はバッグ愛好家だが、コレクターではない。あくまで実用品として自分が使うものしか所持したくない。デザインが気に入っていて、芸術品のようにリスペクトしている品物でも、自分の体形や生活環境に合わないものは買わない。画像検索をして「素晴らしい品だ……いいバッグだ……」と愛でるだけである。

そうすると、買い物をしたところで、大口顧客になるほどの金額を使うことはない。欲しくないものは買わないというシンプルな話だ。

結局「流し」の客のまま、わずかな可能性にかけて、バーキンを探し続けるしかない。正直もう諦めかけているが、もはやバーキンを探すこと自体が趣味になりつつある。

初対面の人に「趣味はバッグを愛でること、最近は特にバーキンを探すことです」と言っても、ぽかんとされるだろう。だから趣味を訊かれると、「(エルメスに行って在庫を尋ね、“No.”と言われて帰ってくる) 散歩……ですかね」と言葉をにごすことになるのだ。

未だにバーキンは見つかっていない。果たして、生きているうちにバーキンに出会えるのだろうか。バッグの道は続く……。

ガチャピン先輩と私

先日、フジテレビ取材班が第64次南極地域観測隊に同行することが発表された。同局でお天気アナウンサーを務めるガチャピンも取材班の一員として南極に上陸するという。

ガチャピン本人は「どーも。ガチャガチャピンピン、ガチャピンです。なんと！　ぼく、南極大陸に上陸することが決定しました！　はじめての上陸にドキドキワクワクです」と、ご機嫌なコメントを出している。

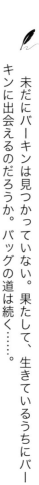

このニュースを聞いて、私はしばし固まってしまった。

そのときちょうど南極を舞台にした小説を書いているところだった。そういえば先日、角川春樹事務所で角川社長とお会いして、南極で麻雀をした話を聞いたばかりだ。角川社長は南極で映画を作っていたことがある。滞在中、しばしば船上で麻雀をしていた。対戦相手が国士無双という大きな手を張っている様子だったのだが、船が氷床にぶつかった衝撃で、山が崩れ、ノーゲームになったそうだ。

「国士無双はこうやって潰すんだ」と角川社長ははにかんだ。さすが角川春樹、麻雀の戦術スケールからして違う……。つい、角川春樹伝説を挟んでしまった。何の話か分からなくなってきたが、ガチャピンが南極に行く話である。


色々なところで話しているが、私はガチャピンが好きだ。というか尊敬していて、心の中では「ガチャピン先輩」と呼んでいる。

ガチャピンを初めて意識したのは、中学生のときだ。同じクラスの男の子から「お前、ガチャピンに似てるな」とからかわれた。言われてみれば、確かにちょっと似ている。丸い目と重いまぶたが特に似ているし、当時の私は今よりもさらに出っ歯で、前歯が飛び出しているところも似ていた。そのときからガチャピンに親近感を抱くようになり、無意識にガチャピングッズを目で追うようになる。

　ガチャピン熱が再燃したのは、２０１８年、ガチャピンのYouTubeチャンネルが開設されたときだ。長年出演していた『ポンキッキーズ』が終了し、進退を心配する声もあがるなか、ＵＵＵＭ社と協業して、公式YouTubeチャンネル「ガチャピンちゃんねる【公式】」を開設したのだ。

「やってみた」系の定番YouTubeネタを押さえつつ、ムックとのほっこりストーリーや、お得意の歌やダンス動画も多数上がっている。


　ガチャピンがYouTubeを更新し始めた時期は、ちょうど、私が小説を書き、新人賞への投稿生活を始めた時期と重なる。自分なりに試行錯誤をしていた頃だ。

　新人賞への投稿結果は振るわなかった。実は私は、『このミステリーがすごい！』大賞を受賞するまで、一度も一次選考すら通ったことがなかった。新人賞投稿者界隈では、「オレ、○次まで行った」と戦績でマウントを取ってくる人もいる。創作関係の書籍では「最低限、他人が読める内容になっているなら一次選考は通るはず」などと書かれている。なぜ自作が一次選考も通らないのかと悩んだし、凹んだ。自分なりにどんどん上達している実感はあったので、そのうち結果は出ると思っていた。だが心が折れそうになることもある。

あるとき、小説教室の宴会で元編集者の方とお話しした。小説教室のテキストには私の小説が掲載されている。元編集者の方はテキストを持っていたし、一部の作品には目を通しているようだった。「機会があったら私の作品も読んでもらえると嬉しいです」と伝えると、「僕は江戸川乱歩賞の最終選考に残ったレベルの人しか相手しないよ」と言われた。「僕は君の作品を読まないし、今後も読むことはない。作品を読んでいない人と話すことはない」と。私も思わず、「それじゃ、もう話すことないですね」と返した。その後は、その人が過去に担当した作家の誰々はアソコが大きかったなどという下ネタを語られた。

私は宴会を抜けて、トイレでこっそり泣いた。

作品を読んで酷評されるのならいい。作品を読まれていないのもいい。だが、君の作品を今後も読むことはないと業界の人から宣言されたのはショックだった。

家に帰ってからガチャピンのYouTubeを観た。動画の中でガチャピンは語る。「努力とは、未来をみすえて今を生きること」。その言葉が胸に刺さった。

ガ、ガチャピン先輩……！　運動神経が抜群で、スキージャンプもスキューバダイビングもできる。フリークライミング、ジェットスキー、スノーボード、カンフー、空手、フィギュアスケートなど、これまで30種目近くのスポーツに挑み、いずれもプロ級の腕前を見せつけてきた。富士山に登ってみたら案外楽勝だったから、ヒマラヤ山脈にも登ったというツワモノである。当然ながらダンスも上手だ。さらに歌もめちゃくちゃうまい。声が可愛いだけでなく、音程もリズム感もばっちりなのだ（皆さん、YouTube「ガチャピンちゃんねる【公式】」で是非確かめて欲しい）。こんなにすごいガチャピン先輩も、つらく思うことがあるのだろうか。『ポンキッキーズ』終了からYouTuberへの転身、日々の動画撮影、大変なことはたくさんあるだろう。ガチャピンも努力しているんだなと思うと、心を強く持てた。

幸運なことに、私の投稿生活は2年ほどで終わった。デビュー後、ガチャピンも出演したラジオ番組、TOKYO FM「JUMP UP MELODIES TOP 20」に呼ばれたことがある。パーソナリティの鈴木おさむさんからガチャピンのお話を聞き、雲の上の存在だったガチャピンが「現実に存在している」ということを意識するようになる。

そして「いつかガチャピンに会いたい！」というのが、いつの間にか自分の夢の一つになっていた。

私の作品がフジテレビの月9枠でドラマになった際、フジテレビのスタジオを訪ねる機会が何度かあった。ガチャピンはフジテレビのキャラクターである。ばったりどこかで会えたりしないだろうかとキョロキョロしながらスタジオに向かう。だが、ドラマを撮影しているスタジオとニュース系の収録をしているスタジオは異なるらしい。ガチャピンどころかムックの気配すらない。

こうなったら汚い大人の知恵を働かせるしかない。私は、局関係者との打ち合わせで「ガチャピンが本当に好きで、ガチャピンに会うのが夢なんです」と食い気味に言ってまわることにした。局関係者は皆「ガチャピンですか？　比較的簡単に会えますよー」とニコニコするのだが、一向に会わせてくれる気配はない。こうなったら、ガチャピンに会えるまで、フジテレビに貢献し続けるしかない。

そんなことを考えていたのだ。

ところが、そのガチャピン先輩は南極に行くという。いくら追っかけでも、南極までは追っていけない。憧れの人にちょっと近づいたかと思うと、その人はずっと遠くまで行っている。でも、そんなところも好き……。

南極大陸でも「ガチャガチャピンピン、ガチャピンです」とかまして欲しい。そしてどうか無事に帰ってきてください。ガチャピン先輩の安全で楽しい旅を、陰ながら祈っています。

2022年11月11日、南極観測船「しらせ」が東京国際クルーズターミナルを出航した。12月にはガチャピンも合流するらしい。ちなみにガチャピンは、自身の先祖である恐竜たちがたどった歴史に思いを馳せており、地球環境の変化は他人事ではないと強い関心を持っているという。ガチャピン先輩、さすがっす……。

ご先祖様を探して

先日、ソルトレークシティに旅行に行ってきた。ソルトレークシティといえば、モルモン教の街である。

ユタ州の人口のうち約7割がモルモン教徒だという。街を歩いていると、足首近くまですっぽり身体が隠れる古風なワンピースを着ている人とすれ違う。身体のラインを見せてナンボの米国社会では珍しい格好だ。モルモン教徒の女性は、教会礼拝時に露出を控えることが推奨されているからだろう。

シカゴと比べると、歩くスピードもゆっくりで、話し方も穏やかだ。圧倒的に白人が多いが、思想的には比較的リベラルで、マイノリティに対して寛容な世論が主流を占めている。というのも、彼らのご先祖様は迫害から逃れてユタ州にやってきた人々であることが影響しているのかもしれない。

モルモン教は19世紀にニューヨークで始まった。創始者はジョセフ・スミス。

キリスト教の一宗派なのだが、教義がかなり異なるため、従来のキリスト教徒から は異端扱いされる。迫害を受け、西へ西へと逃げていく中で、ジョセフ・スミスは暴徒からの襲撃を受け、命を落とす。ジョセフの遺志を継いだのが、ブリガム・ヤングという男だ。ヤングは教徒たちを率いてユタに入植し、ソルトレークシティを作った。教会の指導者であるとともに、ユタ準州知事を務め、政治的リーダーでもあった。ヤングとその複数の妻が暮らした邸宅は今でもソルトレークシティの中心地に残り、観光名所となっている。

街中にはブリガム・ヤングの銅像や、過去の司教の銅像が見られる。街の歴史と宗教の歴史がほぼ一体となっているので、ブリガム・ヤングを始めとする入植者の来歴をたどれば、街の来歴や地元民の来歴がかなりはっきりと分かるのが面白い。

そんなソルトレークシティだからこそ（なのか？）、面白い施設があった。FamilySearchというかなり大きい箱もの施設だ。中は図書館のような雰囲気で、備え付けのＰＣで自分の名前を検索すると、ご先祖様を探して家系図を示してくれる。

教会見学時、年配の男性司教がFamilySearchが面白いから行ってみるといいと勧めてくれた。司教自身も先祖探しをして、17世紀のイギリス人まで家系を遡ったという。スマートフォンのアプリで作ったという家系図も見せてもらった。

米国自体が入植でできた国だから、(ネイティブアメリカンも含め)各人が大まかな先祖来歴を抱えている。例えば同じ白人といっても「うちはイタリア系」とか「うちはアイルランド系」というように、ざっくりとしたルーツがあるのだ。日本にも少数民族が存在するし、白人・黒人・ヒスパニック系の日本人もいる。モンゴロイドの中でも縄文系とか弥生系とか、細かくみれば色々ある。とはいえ、米国は日本と比べてずっと人種的多様性があるのは間違いない。自然と、先祖来歴に興味をそそられるのだろう。

FamilySearchの検索PCで、私も試しに自分の名前を検索してみた。何かが出てくると期待していたわけではない。ただどういう操作方法なのかなと興味があった。自分の名前を入れて検索ボタンを押す……と、出てきた。

米国で暮らした履歴がある、自分と同じ姓の人々がずらり。その中に両親と私自身もいて、驚いた。

考えてみると、米国テキサス州での出生時、米国に出生届を出している。その記録が残っているため、検索でヒットしたのだろう。

私はちょうど先日、『先祖探偵』という小説を上梓した。依頼人のご先祖様を探す探偵の話である。日本で先祖をたどる場合、役所から戸籍を取り寄せ、菩提寺を訪れ、墓を探し……とかなり地道な調査が必要になる。しかも戸籍謄本を請求できるのは直系卑属などに限られている。米国のシステムの場合、赤の他人でも私の先祖を調べることができてしまう。個人情報保護的にどういう整理になっているのか気になったが、こうやってパッとPCで検索できるというのはさすが米国という感じがする。

私は米国で生まれたものの、ほとんどの親戚が宮崎にいて、宮崎県出身というのが正確だろう。父方は島津家に仕えた武士であり、母方は農家である……と言われていた。だが最近になって、親戚の集まりで衝撃の事実を知った。父方の「武士」の身分はお金で買ったものだというのだ。

ひいひい爺さんは、もともと獣医で（つまり商家で）、小金を持っていた。江戸末期に落ちぶれた武士から身分を買い、その後はこれ見よがしに武士面をしていたらしい。武士と商家では玄関の箒の掃き方からして違う。商家から嫁いだ女性たちは「箒の掃き方も知らんのか」といびられた（という愚痴が、高齢の親戚から漏れた）。

その話を聞いて、胸にすとんと落ちるものがあった。すでに鬼籍に入った父方の祖母は気性が激しい人で、嫁（つまり私の母）をいびるようなところがあった。だが、父方の祖父の家（祖母からみると嫁ぎ先）に対しては妙にヘコヘコして、良い顔ばかり見せていた。単に見栄っ張りなのだと思っていたのだが、祖母には祖母なりの背景があったのだろう。

父方の祖父の家は、わざわざ武士の身分を買い、島津家に仕えた武士であることを誇りに思っていた。言ってしまえばプライドがかなり高い。祖母は農家の出だったし、若い頃に結核を患ったせいで嫁ぎ先がなかなか見つからない。祖父と結婚したときも、祖父の親戚一同は反対した。だが祖父は周囲の反対を押し切って祖母と結婚した。祖父からのプロポーズの言葉は「ご縁があれば、お結びください」だったらしい（この話は祖母から繰り返し聞かされた）。祖母は相当に気が強く、負けず嫌いだったこともあり、嫁ぎ先からの冷たい視線を跳ね返すように、「いい嫁」を演じた。だからこそ、嫁ぎ先に対しては常に良い顔をしていた。他方で、自分は苦労したという自負があるからこそ、息子の嫁にはつらく当たる。幼い頃の私にとっては、祖母の嫁いびりがすごく嫌だったし、なんでそんなことをするのかと疑問に思っていた。

だが、先祖をたどることで、幼少期から不思議に思っていた家族の謎に少しだけ迫れたように思う。興味深い経験だった。

先祖がらみではもう一つ印象深いことがある。父方の本家である祖父の生家を訪ねたとき、エントランスに一枚の肖像画が飾ってあった。洋風の油絵なのだが、そこに描かれた女性が私と瓜二つなのだ。

訊くと、祖父の母（私からみると、ひい婆さん）の若い頃だそうだ。今ではすっかり財産が散逸しているが、ひい爺さんひい婆さんの代までは裕福だった。画家を住み込ませてパトロンのようなことをしていたらしい。その住み込みの画家に若奥様を描かせた肖像画なのだという。

自分の知らないところで、自分そっくりの人間の肖像画が飾られている不気味さに、背筋が寒くなった。本家は現在空き家になっていて、家財一式は売却処分されているはずだ。私そっくりのあの絵はどうなったのかと、今でも考えることがある。

『先祖探偵』という本を出した後、様々な人から「実はうちの先祖は……」という話を聞いた。そのどれもがとんでもなく面白い。一族に伝わる秘話というのがあるものですね。

第三次白洲正子ブームの到来

平岡陽明さんの『ぼくもだよ。神楽坂の奇跡の木曜日』という本を読んでい

たら、主人公である本好きの女性が、高校生のときに白洲正子にハマったという
エピソードがあった。
江國香織さんや吉本ばななさんを読みつくしたあと、田辺聖子とか有吉佐和子、宮尾登美子へとさかのぼり、白洲正子に行きついたという。
この部分に、私は首がもげそうなほどうなずいた。自分のことかと思ったくらいだ。私の場合、合間にさくらももこや向田邦子が挟まっている。この読書遍歴は文学少女あるあるなのではないかと思う。

白洲正子は高校生のときに初めて読んだ。しばらく忘れていたのだが、思い出したかのように20代半ばでまたハマった。

ちょうど身体論や服飾論に凝っていた時期で、鷲田清一さんの著作を好んで読んでいた。何の特集だったか忘れたが、作業着の歴史について読んでいると、白洲次郎がLeeのジーンズを穿きこなしている写真にぶつかった。おそらく日本で初めてジーンズを穿いたのは白洲次郎だと思う。クラシカルだがリラックスした姿で、とてもお洒落だった。

それでふと、妻の正子さんのことを思い出し、著作を読み返した。これが第二

次白洲正子ブームである。

そして最近、平岡陽明さんの小説の主人公に触発されて、第三次白洲正子ブームが到来している。

正子さんの魅力は、好きなものを追い求める情熱である。私もバッグを求めて東奔西走しているが、正子さんの場合、骨董品やガラス細工、洋服、和服等々、追いかけるもののバリエーションも多彩だ。

何と言ったって、正子さんは樺山伯爵家のお嬢様である。思春期を米国で過ごし、英国帰りの次郎と結婚した後は、彼とともに欧州各国を訪問している。お能を始めとする日本文化に浸かって贅沢に育ち、西洋のハイカルチャーも吸収した。おそらく日本最後の華族的お嬢様だ。正子さん本人が自身について書いたエッセイも多数残っているが、個人的には、娘の牧山桂子さんが書いたものが面白い。

例えば、『武相荘、おしゃれ語り』では、母・正子さんが、戦後すぐから嬉々としてサングラスをかけ、フランスの裏テーラー（オートクチュールの針子が無断で行う裏バイト）で洋服をオーダーし、お気に入りのかんざしを挿すためだけに髪を伸ばし……と、お洒落のために奔走する様子が、娘・桂子さんのやや冷めた視点で描かれていて可笑しい。

娘の桂子さんもかなりの洒落者で、収められているコーディネート写真は素敵なものばかりだ。

特に目を引いたのは、正子さんがサンローランでオーダーしたというコートだ。何十年という時を経て娘の桂子さんが使っている。着用写真も収録されているが、仕立てがよく、今でも通用するモダンなデザインである。さらに、いくつか登場する年季の入ったエルメスのバッグも、バッグマニアとしては見逃せない。使い込んだ革の照りがとても素敵だった。

正子さんのちゃきちゃきとした文章をまた読みたくなり、数年前に刊行された『ほんもの　白洲次郎のことなど』を手に取った。おすすめなので多くの人に読んでほしいが、特に冒頭の「おしゃれ」というエッセイが胸に刺さる。

正子さん曰く、「おしゃれに基本なんてあるのかしら。もしあるとすれば虚栄心ではないのか」。ただ、「おしゃれの元は虚栄心にあるのかも知れないが、羞恥心を欠いたおしゃれは、おしゃれのうちに入らない」。

これだけでもギクリとさせられるのだが、手厳しい言葉はさらに続く。「ファッション・ブックからぬけ出たような男女は、田舎者にかぎる。ここで声を大にしていいたいのは、田舎に住んで、まともな生活をしている人々を、私は尊敬こそすれ、田舎者とはいわない。都会の中で恥も外聞もなくふるまう人種を、イナカモンと呼ぶのである」と。

田舎から出てきて、都会で野放図に暮らしている私としては、自分のことを言われているようで、背筋が凍った。生粋の都会育ち、華族出身の正子さんに「イナカモン」呼ばわりされた日には、正論すぎて立ち直れない。

そんな話を夫にしたら、「港区女子はほとんどが港区に住んでいない。近隣の千葉県、埼玉県などから越境して港区に遊びに来るのだ」という要らぬ情報をくれた。だからといって私は、港区女子をイナカモンと一蹴できる身分ではないのだが、「ああ、イナカモンと思われるかも。恥ずかしい」という気持ちを大事に抱えて、暮らしていきたいと思った。

そういえば娘の桂子さんも、お洒落の秘訣として、その日会う人のことを思い浮かべて、その人より華美にならないことを心がけると書いている。どの程度着飾るかはＴＰＯ次第で、うっかりオーバードレスになったりアンダードレスになったりするものだが、頑張りすぎ、着飾りすぎたときのほうが後からの落ち込みが激しい。だから同席者よりちょっぴりアンダードレス気味にするのがよいという。なるほどこれは知恵である。母娘に通底する考え方を垣間見た気がした。

学生の頃は、お金があればもっとお洒落できるのになあ、と思っていた。けれども社会人になってみて思うのは、お金があっても特にお洒落にはならないということだ。やはり自分が大切にしている思想や世界観のようなものがないと、グッとくるお洒落はできないのだろう。街を歩いてみても、トレンドの服に身を包んだ、何となく今っぽい人たちであふれている。でも、その人らしい背骨を感じる装いに出会うことは少ない。

美術評論家の青山二郎さんの言葉（正子さんが紹介している）を借りると、「ほら、コップでもピンと音がするだろう。叩けば音が出るものが、文章なんんだ。

人間だって同じことだ。音がしないような奴を、俺は信用せん」というわけだ。

じゃあ、お前はどうなのかと訊かれると困ってしまう。私の場合、お洒落や服飾論、身体論について書かれた本を読むのは好きだが、お洒落を実践するのは年々面倒になってきた。イナカモンが今さら頑張ってもなァという諦めもある。だがせめて文章のほうは、叩けばピンと音が出るようなものを書いていきたいと思う。

女性作家のエッセイで言えば、小泉喜美子さんの作品群もおすすめだ。『ミステリーは私の香水』『メイン・ディッシュはミステリー』『ミステリー歳時記』『ブルネットに銀の簪』など。小泉さんの書くミステリー小説はもちろん抜群に面白いのだが、その作風と同じくエッセイも軽妙洒脱でキレがいい。

東大女子という呪い

先日、フジテレビ系で日曜朝に放送している『ボクらの時代』という番組に出演した。3人で談話する番組なのだが、同世代ミステリー作家で、同じ東大法学部出身でもある辻堂ゆめさん、結城真一郎さんとご一緒させていただいた。

お二人と話していて、（当たり前のことだが）東大卒といっても色々で、それぞれ性格や考え方は全然違うなあと改めて実感した。お二人は〆切を破らないどころか、かなり早めに原稿をあげることもあるそうだ。

対する私は、〆切は守る・守らないが半々くらいではないかという状況だ。このエッセイのタイトル「帆立の詫び状」の通り、各社編集者さんたちに頭を下げながらなんとか仕事をしている有様である（送信メールのうち3通に1通の割合で謝っている）。

収録中、「東大男子はモテるのに、東大女子はモテないよね」ということが話題に上がった。

東大駒場キャンパスの銀杏が散るまでに彼氏ができない東大女子は、卒業まで（あるいは一生）恋人ができないという伝説がある。これは弁護士も同様で、学生時代、修習時代までに相手を見つけておかないと結婚できないという言い伝えがある。どちらも嘘だと断言できるから、東大女子も弁護士になりたい皆さんも安心してほしい。

東大女子や女性弁護士がモテないとしたら、多くの場合、それは単純に可愛げがないからだ。身もふたもない話だが、男性からすると、相手が可愛かったり美人だったりして、自分に対して十分に好意的であれば、相手の学歴や職業は気にならないと思う。実際に周りの友人知人を見ると、東大卒でも弁護士でも、美人だったらモテている。

ただ、高学歴女性やハイキャリア女性に特有の事情もある。

彼女たちは不美人でもダサくても困らないし、恋愛をしなくても毎日が十分楽しく、結婚せずとも経済的に困窮しない。そのため、美容やお洒落、恋愛、結婚の優先順位はかなり低い。その結果として、恋愛的な魅力に乏しいと判断されることはあると思う。

加えて、些細なことではあるが、高学歴女子やキャリア女性ならではの障害やストレスは確実にある。

私が経験した実例を挙げると、例えば、婚活しようと結婚相談所を訪ねたとき、「あなたの経歴に見合う男性を紹介できません」という理由で、入会を断られたことがある。あるいは、友人が男性を紹介してくれるというので、先方に私の写真を送ったら、「是非会いたい」と先方も乗り気だったのに、「東大卒」という経歴が漏れ伝わった途端、「やっぱりなしで」と断られたこともある。

高学歴だったりハイキャリアだったりというだけで、一部の人たちからは嫌われることもあるのだ。

じゃあ逆に、高学歴集団やハイキャリア集団なら馴染めるかというと、全然そんなことはない。そういった集団は男性が圧倒的多数派を占めている。男性向けに設計された環境であり、女性はある種の「お客さん」として入れてもらっているに過ぎない。例えば、ある法律事務所では、（チームメンバーには女性弁護士もいるのに）案件打ち上げの二次会がキャバクラだったこともある。

このように、どこに行っても居場所のない感覚をずっと持っていた。自分にピッタリの椅子がどこにもない。あの椅子に腰かけるとこっちがはみ出て、この椅子に腰かけるとあっちがはみ出る。自分のままでは、社会のどこに身を置いていいのか分からない。

どうしてこういう事態に陥っているのか、自分がワガママすぎるのかと悩んだ時期もあったが、最近になって、徐々にメカニズムが分かってきた。

社会から矛盾する規範を押しつけられ、全ての規範をクリアするのは不可能であるがゆえに、何をしても不適合感がつきまとうのだ。

社会には色々な規範がある。「若者はお年寄りに優しくするべき」「大人はきちんと働くべき」「子供は外で遊ぶべき」等々、その人の属性に紐づくかたちで、望ましい行動様式や在り方が指定されているのだ。そのうち、「男性はこうあるべき、女性はこうあるべき」というような、性別に紐づいた規範は未だに根強い。

一般に、頭がいいこと、自己主張が強いこと、決断力があることは、女性らしいとはされていない。他方で、一般的なビジネスキャリアで成功するためには、頭がよくて、きっちり自己主張をして、素早く決断していかなければならない。

女性らしくあろうとすると社会で成功できず、社会で成功する振る舞いを選択すれば女性らしくない（「女を捨てている」）と批判される。ダブルバインド（矛盾する二つの規範が課されること）により、女性は股裂きにされ、身動きがとれなくなる。

男性の場合、比較的単純で、社会で成功する振る舞いがそのまま男性的な資質とされている。社会的な成功を目指して邁進《まいしん》すれば、その他の幸せが全て、自動的についてくる。女性に比べて、進むべき方向が分かりやすい。ただそのぶん、一度社会的な不遇に陥ると、とことん不幸になりかねない。熾烈な競争にさらされることになり大変だろうとは思う。

女性は男性と比べると、何を選んでもいい自由があるのは確かだ。だが、何を選んでも批判にさらされる。社会人としてどうか、女としてどうか、母としてどうか、と判断基準が多様であるため、どこかで満点をとっても他の判断基準でみると必ず減点があるものだ。

私は学ぶことが好きだし、東大に行ったことを全く後悔していない。面白い授業が沢山あって、最高峰の教授陣から学問の手ほどきを受けられたと思う。けれども、東大に入ったことで生きづらくなった面は確実にある。

それでもなお、若い女の子たちには「好きなだけ勉強していい」「思いっきり働いていい」と伝えたい。

知識や教養、キャリアを手に入れると、モテないなんてことは全く気にならないほどの楽しみや自由がある。それに、清く正しく生きていれば、見ている人は見ているものだ。捨てる神あれば拾う神ありというように、助けてくれる人や応援してくれる人もいる。

足を引っ張ってくる人たちは放っておいて、心穏やかに自分の道を邁進してほしいと願っている。

イベントなどで「中高生に向けてメッセージを」と頼まれると、つい

「勉強したほうがいい」と言ってしまう。知識がないと他人を尊重できないと思う。優しさというのは、知識に下支えされている。マジレスすぎて中高生は白けた感じになるのだが、それでも「勉強しろおばさん」として今後もやっていこうと思う。

第三章　やっぱり小説が好き

新人作家1年目の結論

10月6日に新刊『倒産続きの彼女』が宝島社から発売される。そのプロモーション活動のため、9月の頭から一時的に帰国している。

連日の取材やイベント、サイン本作成の合間に、二つの小説創作講座に顔を出した。今回はそのときの話を書こうと思う。

私は小説創作関連の講座二つに通っている。「山村正夫記念小説講座」（通称「山村教室」）と、「ゲンロン 大森望 SF創作講座」だ。ちょうど二つとも受講日があったので参加してきた。

まずは山村教室だ。入会したのは4年前で、この教室に入会するまで小説を書いたこともなかった。元編集者の講師たちにゼロから育ててもらったといっても過言ではない。なんせ入会当時は原稿用紙の使い方も分かっていなかった。

山村教室のいいところは先輩作家や創作仲間とのつながりができることだ。書くというのは孤独な行為で、一歩間違えば独りよがりになりかねない。自分と同じように小説を書いている人が周囲にいると、自分を客観的に見ることができるのが良いと思う。

私はもともとファンタジー作家になりたくて小説を書き始めたが、山村教室に通い始めて、その方向性は一旦諦めた。講師による勧めもあったが、受講生の中にとても面白いファンタジー小説を書く人がいて、その人と話しているうちに自分はファンタジー小説向きではないと気づいたからだ。というか、その人より上手いファンタジー小説を書く自分が想像できなかった。せっかく書くならてっぺんを取らなくちゃいけないと思っている。戦う土俵を変える必要があった。

晴れてデビューしたあとも、OGとしてイベントなどに顔を出すようにしている。受講生にアドバイスをすることはない。単純に自分が学びたいから受講しているだけだ。そもそも山村教室では受講生同士の作品講評は禁止されている。作品の良し悪しはプロにしか分からない。素人があれこれと口を出すと、無益どころか有害にもなりえると思う。受講生同士の無用なマウンティングで治安が悪くなるのもよくない。

先日は、赤松利市先生を迎えた特別講義が催された。非公開の講座なので内容は詳述しないけれども、赤松先生のカリスマ的なオーラがただよう名講義であった。自分にしか書けないものを一生かけて書いていくしかない、自分が一番よく書けるものを書こう、という気持ちになった。

ところで、山村教室はエンターテインメントのプロ作家を輩出することを目的とした教室だ。これは二つの含意がある。純文学は志向しないということ、そして趣味の創作のための場所ではないということだ。

私は山村教室で育ったから、どうしても「プロ作家としてやっていけるエンターテインメント小説」という形を目指してしまう。読者にとって読みやすく、商品価値のある小説だ。

だが、本来的な小説の持ち味というのは、もっと広がりがあるということを直感的に知っていた。そのため、別の極地を見てみたいと思って、「ゲンロン　大森望　ＳＦ創作講座」に通い始めた。

ＳＦ創作講座は面白いところで、ＳＦファンとして聴講してもいいし、趣味の小説の技術向上を目指してもいい。必ずしもプロのSF作家を目指す必要はないということだ（もちろん目指してもいいが）。

エンタメ育ちの私からすると、SFといえばスペースオペラ的冒険小説か、風刺的ディストピア小説がまず思い浮かぶのだが、実際に覗いてみると、純文学と接近した中間小説的なものを書いている人も多かった。ジャンル分けは正直どうでもいいが、想定読者がエンタメ商業小説とは若干異なるように思う。ある程度詳しい人、読める人、知的な水準が高い層に向けて書いていて、リーダビリティよりも先進性が優先される印象だ。

一般文芸的な文脈だと人間を描くことが中心となりがちだが、SFの世界では、人間を登場させる必要はないし、人間以外の有機物・無機物に人間的な思考様式を投影する必要もない。人間的な要素をどれだけ漂白できるか追求することもありえるし、むしろイケてる方向性かもしれない。

先日、SF創作講座の通年講座の最終講義があった。受講生それぞれが最終実作（原稿用紙120枚以内）を提出し、選考委員による選考会が公開で行われる。私は聴講生なので原稿提出はなく、横から見て学ばせてもらっているだけだ。

最終提出作品はどれも面白いが、その面白味は一般文芸とは結構異なるように思う。

一般文芸、エンタメ商業小説は私にとっては普段の家庭料理だから、お茶漬けだったり、パスタだったり、豚の生姜焼きだったり、手軽にパパッと楽しめるものが欲しくなる。たまにはじっくり重いものもいいが、毎日は食べられない。一方、SF創作講座で触れる小説群にはエスニックフード的な楽しみがあった。作り方は全然分からないし、人を選ぶ作りなのだけど、妙にハマることもある。一旦ハマると自分も作ってみたくなる。そういう感じの魅力だ。

昨年の10月1日に『このミステリーがすごい!』大賞を受賞して、ちょうど1年が経つ。この1年で様々な小説に触れ、様々な人の話を聞き、小説に正解はないという結論に至った。一定の判断軸に照らした優劣はあるが、多種多様な判断軸があるからどの軸で判断すべきかは自明ではない。小説は自由であるということだ。私はたまたまエンタメ商業作家として存在するが、だからといってエンタメ商業小説が至高だと、自分固有の立ち位置に紐づいた小説観を抱くことはできない。

それとは別の話として、それじゃあなたはどんな小説を書きたいんですかと訊かれたら、よく分からないのだけど、書けるものを書くしかないと思っている。一番よく書けるもの、一番深く書けるものを書くしかない。それは何ですかと訊かれるとこれもまた分からないのだが、色々書きながら探すしかない。なんとも歯切れの悪い、新人作家1年目の結論だ。

小説講座などに顔を出すと、アマチュアの方から、「トレンドを見て売れ筋を狙うべきですか。それとも自分が書きたいものを書くべきですか」という質問をよく受ける。自分が書きたいものの中で、他人が読みたいだろうと思う部分を書けばよいと思う。単純な話だと思うが、本当によく訊かれる。私自身はこの点にあまり悩んだことがない。

悪気のないおじさんたち

先月から2カ月弱の間、日本にいる。新刊プロモーションのための一時帰国だ。

大阪、福岡、宮崎と移動しながら書店さんに挨拶をし、サイン会2件、講演会2件、取材十数件をこなし、なんとか一段落ついた。その間も原稿の〆切は止まらない。日中は動き回り、夜はホテルで執筆、寝落ちという日々が続いた。

忙しくなると自分のポンコツ具合が増すもので、財布を持たずに出かけてあやうく無銭飲食になりかねない状況に陥ったり（Suicaで払って事なきを得た）、移動中にダッシュをしたら神楽坂の坂で転倒し大きな青あざを作ったり、ランチを食べたのに食べてないと誤信して日に2度昼食をとったり、1日1トラブルというくらいドジを重ねた。

率直な感想を言うと、「もう疲れた。アメリカに帰りたい。しばらく日本に戻りたくない」ということだ。

ドジなのは自分のせいだから仕方ないのだが、そもそも作家になるような人間は大して社会性も社交性もないのだ。外出先で1日2件以上の用事をこなすのは難しいいし、1日外出したら3日くらい家でゴロゴロしないとエネルギーが回復しない。普通の会社員のように毎日外出（出勤）ができるなら会社員をしているわけで、それができないから特殊な獣道を歩んでいる。
そうは言いつつも、厄介なことに、外に出て人に会うのは好きなのだ。いざ人と会って話すと楽しい。だから外出の予定もどんどん入れてしまう。あとからどっと疲れると分かっているのに……刺激に弱いのに刺激を追い求めてしまう妙な行動習性に振り回されている。

作家の仕事の中でも執筆や改稿、著者校正といった原稿に関する作業が一番好きで楽しい。だが原稿仕事だけしていればいいというわけではなく、色々と人前に出なくてはならない場面もある。先述の通り、表に出る仕事は自分の特性に起因して結構疲れるのだが、それに加えてどうしても避けて通れないストレス事象があることに気づいた。

「悪気のないおじさんたち」との遭遇だ。
デビュー当初からうすうす気づいていたのだが、今回のプロモーション期間を経て、確信に変わりつつある。取材を受けたりイベントに参加したりすると、他人の何気ない一言に傷つけられる場面がある。

例えばこういう事例だ。

あるラジオ番組に出演したときはパーソナリティの男性から「可愛いって言われたいだけなんだろ？　可愛いって言っておけばいいんだろ？」と唐突に言われた。別の番組に出たときは、プロデューサーの男性から「あ〜東大生って感じですね〜」と言われた。講演会のあとに名刺交換した男性から「内容とテーマは良かったと思うが、私は難聴なのでほとんど聞き取れなかった。私が先日行った講演会の資料を送るから参考にしてください」とメールを頂いた。ある男性編集者は打ち合わせで、必ず「新川さんは頭がいいんでしょうけど」と前置きしてからダメ出しをしてくる。「取材の際に作品ではなく私の結婚観や恋愛観ばかり訊かれてモヤモヤした」と男性作家に愚痴ったら、「そりゃそうでしょ。みんな君の作品のことよりも君の結婚観のほうに興味があるよ」と言われたこともある。ある男性の書店関係者からは「これからもアイドル作家として頑張ってください」と満面の笑みで言われた。エッセイを書けば「女流作家の私生活の切り売りにドキドキ」という謎コメントがついたりもする。

「あなたの創作論は間違っている。僕のブログを参考にしてください」と言ってきた者が2名、「ご参考までに、僕の原稿を読みますか？」と言ってきた者が2名いる（いずれも別の男性で、プロ作家ではない）。そのほか、私をモデルにしたと思しきキャラクターが濃厚なエロシーンを繰り広げる小説を「読んでください」と渡してきたツワモノもいる。

これらは私が実際に体験したことのほんの一部だ。デビューして1年も経っていないのに、よくもまあどんどん出てくるなというくらい出てくる。こういうことは本当によく起きるのだ。

文字にするとえげつない感じがするが、現実ではもっと、さらっと爽やかにこういう言葉が発せられる。皆ニコニコしながら言うし、ほとんどの場合、悪気がない（ように見える）。むしろ好意がベースにあってそれをどう処理していいか分からず暴発している感じもある。そこらへんを分かっているから私も怒りだしたりしないし、やんわりと対応するが、それでも私の心には小傷が残る。

一つ一つの傷は大したことがなくても毎日毎日さらされると、さすがに疲弊する。それで私はもう、アメリカに帰って夫と二人きりで他の誰とも関わらず、小説を書くだけの暮らしをしたいと思った。

「おじさんたち」と中高年男性を名指ししたのには訳がある。年齢や性別でひとくくりにするのは良くないと分かっているし、多くの中高年男性は優しく思いやりがあり常識もある。だが、あえて中高年男性を名指ししたい。なぜならば、上記の事例は本当に全て中高年男性から言われた、されたことだからだ。性別も年齢も様々な人たちに会うが、上記に類する失礼な言動をとるのは本当に驚くほど、全員中高年男性だ。中高年男性と会うときは、何か言われてもすぐに心の受け身が取れるよう防御モードで向かっていく。会う前からストレスを感じるし、会っている間もずっと気を張っている。

だから中高年男性諸氏、気をつけてほしい、と言うつもりはない。彼らにも色々抱えているものがあるだろうし、もう勝手に好きに生きてくれ、と思っている。

むしろ私は、同じような経験をしている人たちに向けて、私の経験を語りたいと思った。あなたが傷つけられるのは、あなたのせいではない。何をしても言われるときは言われるし、理由なく（しかも悪気なく）石を投げてくる人はいるのだ。

　ちなみに私は、嫌なことがあると2000字程度のエッセイを書くことにしている（松本清張『黒革の手帖』にちなんで『黒腹の手帖』と名づけている）。日時や場所、実名を含み、証拠画像も添付してある。書き溜めておいて、何十年か後に大御所作家になったら暴露本として出版してやろうと思う。その頃には多くの中高年男性は鬼籍に入っておられるだろうが、なき世の評判を地に落としたくなければ悔い改めたほうがいい。といっても許すつもりはない。作家はたいてい、執念深いのだ。

　このエッセイを書いたあと、2作続けてのドラマ化が実現したりして、私も少しだけ出世した。だからだろうか、最近、この手のおじさんたちが全然寄ってこない。おーい、おじさーん、どこに行ったー？

　今年デビューした新人作家に群がっているのだろうか……。無意識のうちに対象を選んでいるのだろうと思う。

住めば都の執筆生活

2カ月ほどの日本滞在を経て、アメリカに戻ってきた。

なによりもまず感動したのが、自分の机があり、ベッドがあり、洗濯ができて、料理もできること。つまり、自分の家があるということだ。

帰国中の2カ月間、ホテルに滞在していた。優雅なホテル暮らしとは程遠い。10㎡ちょっとの狭い空間にベッドが置かれているだけである。運動不足解消のためにヨガマットを持参して帰国したのだが、ホテルの部屋にはヨガマットを敷くスペースどころか、スーツケースを広げるスペースすらない。

普段ベッドでゴロゴロしながら執筆をするので、ベッドさえあれば仕事はどうにかなるのだが、服をかけておく場所もないし、自炊はできないし、QOLはかなり下がった。

とはいえ、私はかなり大雑把なほうで、適応能力には自信がある。比較的劣悪な環境でも1カ月くらい過ごしていると慣れてきて、「アリだな」と思い始めるのだ。

今年の初夏にアメリカに来て、最初の2カ月ほどはボストンに滞在していた。ボストンの家賃相場はかなり高く、住宅事情は良いとは言えない。それなりの家賃を払っているのに、床は傾いており（フライパンに油を入れると油が勝手に一方へ流れていくほどだ）、壁にはいくつか穴が開いている（家具で雑に隠してあった）。停電もよくあるし、Ｗｉ－Ｆｉがつながらないこともしばしばだ。

ただボストンの場合、大きくて使いやすい公立図書館があった。図書館に行きさえすれば、冷暖房完備、Ｗｉ－Ｆｉも飛んでいる快適な作業スペースを確保できる。毎日トラムに乗って図書館に通い、ショッピングをしたりご飯を食べたりして帰る生活はそれなりに楽しかった。

次に滞在したシカゴでは、もう少し良い部屋を借りていた。家賃はそう変わらないのだが、シカゴはボストンほど家賃相場が高くない。住宅環境は向上する……はずだった。

だがいざ引っ越してみると、家具つきだと思っていた部屋に家具がついていない。慌てて家具のレンタルを申し込んだが、到着までに数週間かかる。手元にあるのはヨガマット1枚だ。

修行のような日々が始まった。毛布を2枚買ってきて、毛布の間に挟まって寝起きする。アメリカの家には備え付けの照明がないことが多く、自ら照明器具を揃える必要がある。照明器具の到着も数週間後だ。家の中で一番明るいのがウォークインクローゼットの中だったので、クローゼットの中で執筆することになる。引っ越しで使ったダンボールを机にして、ブランケットを用意すれば結構居心地のいい空間ができあがった。腰が痛くなるのは否めないが、妙に集中できる空間だ。

シカゴの家に家具が届くまであと数日というところで、私は日本に帰ることになった。

帰国してすぐの頃は、新型コロナウイルスの水際対策として2週間のホテル隔離を行う必要があった。スマートフォン上のアプリで一日に2回GPS情報の確認が入り、それとは別に毎日テレビ電話がかかってくる。さらに朝夕には内線でホテル側に体温と体調を報告する。部屋から出られるのは、同じホテルの中にあるコンビニに出向くときだけだ。ホテル内のレストランの利用も許されておらず、食事は基本的にコンビニ食となる。

狭い部屋に閉じ込められてさすがにストレスがたまるかと思いきや、これがまた意外に快適だった。隔離期間ということで取材や打ち合わせも入らない。外出もできないから遊びにも行けない。

やることがないから原稿を書くのだが、進みが妙に良い。外界から遮断されているぶん、集中しやすいのだと思う。これがいわゆる「カンヅメ」というやつか、と驚いた。

結局、2週間の隔離期間中に長編小説の初稿を書き上げることができた。隔離期間が明け、別のビジネスホテルに移る頃には、隔離期間がなんだか恋しい気分にすらなっていた。

その後も安いビジネスホテルを転々とする生活だったので、環境はそう変わらない。部屋は狭いし自炊もできない。それでも案外平気だったから不思議だ。部屋にいる時間は小説を読むか小説を書くかしているから、設備もスペースもいらないのだ。隔離期間後のホテル暮らし、1カ月半の間に短編小説を4本書いた。出版関係者以外には分かりづらいだろうが、2カ月で長編1本、短編4本というのはなかなか良いペースだ。

ベッドとWi-Fiさえあれば、どこでも暮らせるかもしれない……そんな淡い自信を抱き始めていた。が、その自信は早々に打ち砕かれる。

アメリカに帰り、家具の揃った綺麗なマンションにいざ身を置くと、やっぱり快適なのだ。大きいベッドで熟睡できるし、ヨガマットを広げられるし、風呂も洗濯も料理も好きにできる。服を畳んだりかけたりするスペースもあるし、メイクグッズもヘアケアグッズも広げて置いておける。お気に入りのドライヤーやアイロンも使えるし、毎日好きな寝間着を着てゴロゴロできる。快適だからといって原稿の進みは速まらないのは残念だが、もうしばらくどこにも行かない、とふかふかのベッドに横たわりながら決意を固めた。

どこでも原稿を書けるというのは自分の特技だと思う。アラスカ上空(飛行機の中)、ドーバー海峡(ユーロスターの中)、グランドキャニオンのモーテルなど色んなところから原稿を送信している。

日本とは時差があるはずなのに、編集者さんからすぐに返信が来ることが多くて、ひやりとします（皆さん、寝てください……）。

ドラマ化について思うこと

突然の宣伝になるが、拙著『元彼の遺言状』がドラマ化されることになった。フジテレビ月曜9時からの枠で、綾瀬はるかさんや大泉洋さんを始めとする豪華俳優陣がキャスティングされている（みんな、観てね！）。

最近はドラマ化に関するインタビューを受けることも増えてきた。そのたびに誠実にお話しししているが、私が話し下手なこともあり、後からああ言えばよかった、こう言えばよかったと反省してばかりいる。やはり文章で書くのが一番性に合っているし、正確に気持ちを伝えられる。せっかくエッセイ執筆の場を頂いているのだから、ドラマ化に関する率直な想いを綴ろうと思う。

まず、ドラマ化に関して頭に浮かぶのは何よりも各方面への「感謝」だ。優等生的な感想だと自分でも思うが、この通りなのだから仕方ない。

ドラマの脚本を頂いて、一番びっくりしたのは関係者の多さだ。俳優、制作陣だけではなく、美術、技術、監修等々、スタッフ表は延々と続く。一つの映像を作り上げるのにこれほど多くの人が関わっているのかと驚いた。

実は初めて本を出版したときも同じことを思った。作者が小説を書いたあと、編集者、装丁家、イラストレーター、広報、営業、印刷所の方々、書店員の方々など、本当に多くの人の手を経て、読者に届けられる。

私はどちらかというと引っ込み思案で、普段は一人で過ごすのが好きなほうだからこそ、関係者の多さにしり込みするとともに感動してしまった。

自分は職人的な人間だと思う。モノづくりが好きで、一人で黙々と作業するのが好きだ。作品を書くのは（辛いことも多いが）楽しいし、作品を書き上げたときが一番嬉しい。頭の中だけに存在したものが、形をもって現実世界に立ち現れる瞬間だからだ。書き上げただけで満足であり、そこから先の現実世界での出来事というのは、正直そこまで関心がない。

私一人だったら、小説を書いてそれで満足というところで終わっていたと思う。出版関係者の皆様のおかげで書籍となって世に出て、映像関係者の皆様のおかげで作品世界がさらに広がろうとしている。

こういった一連のコンテンツビジネスの起点が、自分の原稿だということに、自分でも驚いている。


『元彼の遺言状』は私のデビュー作である。アマチュア時代に書いて、新人賞に応募したものだ。その作品が大賞をとって月9でドラマ化されるなんて、当時の私に言っても信じないだろう。だが、成功して嬉しいという気持ちはあまりない。どちらかというと、こんな私でも世の中の役に立てることがあってよかったと胸をなでおろしている。

書籍化、ドラマ化までの一連の流れを体験してみて、「世の中にバリューを生み出す」というのがどういうことなのか、少しだけ分かった気がする。面白い物語を書いて、本が売れると関係者全員がハッピーになる。ドラマに原作提供する場合、俳優さん、音楽・美術・技術スタッフさん含め、映像業界の関係者にも新しい活躍の場が生まれる。読者・視聴者には新しい娯楽が提供される。誰も不幸にならない。

世の中には、誰かの利益を侵害することで儲かるタイプのビジネスもある。だがコンテンツビジネスに関しては、ゼロサムゲームではない環境で、純然たるバリューを世の中に提供できる。こんなに幸せなことはないと思った。

映像化にあたって原作者サイドは傷つくことも多いと聞く。

原作者が大事にしていた部分を改変されることもあるらしい。小説はリアリティや整合性に細心の注意を払って作られるが、映像では画面ばえが最優先となり、細かい辻褄やミステリー的な面白さは後回しになることも多いという。

だが小説には小説の文法があるように、映像には映像の文法があるのだと思う。私は映像に関しては素人だから、良し悪しを判断できるほどの知識も経験もない。原作者として下手に口出しをして、映像業界のプロの仕事を台無しにしてしまうのは恐ろしい。プロたちを信頼して、全てお任せしたほうが結果的に良い作品になるだろうと分かっている。

しかし困ったことに、キャラクターの動きを考えたり、セリフを書いたりすることについては私も一応プロである。脚本を読んだらきっと「ここはもっとこうしたほうが面白い」とか「このセリフはこっちのほうがよい」といった考えが湧いてくるだろう。これは脚本の出来不出来にかかわらず、クリエイターなら誰でも陥る現象だ。

脚本を読んだら絶対口出ししたくなるが、口出ししないほうが良いと分かっている。苦渋の決断として、脚本には事前に目を通さないことにした。

だから私も一般の読者さんや視聴者さんと同様、話の筋を知らないし、ドキドキしながら放送日を迎えることになる。

正直何が不安かというと、ドラマが原作よりもずっと面白くて、ドラマを観たあとに原作小説を手に取ってくださった方が「な〜んだ、ドラマのほうが面白いじゃん」と漏らすことである。だがこればかりは、クリエイター同士のガチンコ勝負だから仕方ない。

原作とドラマは別物だし、それぞれに別のクリエイターが魂を込めて作っている。だからこそ、ドラマ版では全く違う展開になってもいいし、全く違うキャラクターになってもいい。読者には「原作のほうが面白かった」と言って欲しい反面、原作を超える面白いドラマを作ってもらいたい気持ちもある。複雑な原作者ごころだ。

こういった悩みを抱えられるのも、本作を世に出し、世界を広げてくれた関係者の皆様のおかげである。本作に関わってくださった全ての方々に感謝しつつ、放送日を楽しみに待ちたいと思う。

脚本には目を通さないが、原作利用許諾契約書は熟読している。こういう原作者は珍しいと思う。

エンタメ業界は契約を軽視しがちだ。だが、いくら作品内容を尊重しようとも、ビジネス条件として不利な取り決めをするようであれば、クリエイターを尊重しているとはいえない。契約書の早期提示、交渉、締結のプロセスを業界に根付かせたいと個人的には思っている。

悲しみの本屋大賞

突然だが、本屋大賞を知っているだろうか？

「全国書店員が選んだ　いちばん！　売りたい本」というキャッチフレーズで運営されているイベントである。一次投票には全国483書店より書店員627人、二次投票では322書店、書店員392人が投票し、先日大賞が発表された。

大賞受賞の逢坂冬馬さん、ノミネートされた皆さん、おめでとうございます。どの本も面白いこと間違いなし。読者にとっては外れなしのブックガイドだ。私もデビュー前、本屋大賞の発表を毎年楽しみにしていた。

今年は作家になって初めての本屋大賞だったこともあり、ドキドキしながら結果発表を迎えた。

デビュー作『元彼の遺言状』は、一次投票時点で発行部数60万部を超えていた。ありがたいことに、大々的に展開してくださっている書店さんも沢山ある。こんなに売れたのは書店員さんたちが「売りたい！」と思って、力を入れてくれたからに違いない。つまり、本屋大賞でもそこそこ票が入っているのでは、と内心期待していたのである。

いざ、結果発表。書店に駆け込み「本の雑誌」増刊、本屋大賞特集を探すも、なかなか見つからない。書店を梯子して3店舗目でついに発見した。

気が急いて、レジに持っていく前にパラパラとめくって、投票結果を確認する。ふむふむ、一次投票で1票でも入っていると掲載されるのね……と順番に見ていく。が、……あれ、ない？　ない、ない、ない……。

私はその場で固まった。『元彼の遺言状』に一次投票で1票も入っていないのである。

あまりの衝撃にしばらく突っ立っていたが、大人しく「本の雑誌」を買い、家に帰ってから部屋の隅でちょっぴり泣いた。

繰り返すが、本屋大賞のキャッチフレーズは「全国書店員が選んだ　いちばん！　売りたい本」である。言葉通りに解釈すると、『元彼の遺言状』を一番売りたいと思った書店員さんは全国どこを探してもいない、ということになる。
大々的に展開してくださっている書店さんも、裏では「ちっ、本当は他に売りたい本があるんだけど、まっ、仕事だから、帆立の本、並べとくわ」という感じで、仕方なく陳列してくれていたのですか～（ですか、ですか、ですか……と頭の中で問いかけが反響した）。

エッセイを読んでくださっている方々はそろそろお気づきだと思うが、これはただの愚痴である。愚痴だから必要以上にマイナス思考になっているし、ひねくれた見方になっていると思う。書店員さんたちは真摯に本を売ってくださっている。仕事だから仕方なく、というテンションの書店員さんと会ったことはないし、売り場には書店員さんたちのソウルが宿っている。そういうことも分かっているのだが、あえてこうして愚痴を書いているのは、何はともあれ、落ち込んだからだ。

実は、『元彼の遺言状』に票が入っていないのには理由がある。
本屋大賞の投票対象となるのは２０２０年12月1日から２０２１年11月30日ま

でに刊行された本だ。『元彼の遺言状』の発売日は2021年1月8日である。対象期間の最初のほうに発売されたから、忘れられているのかもしれないし、対象外だと思われている可能性もある。

しかも私の場合、同対象期間中の2021年10月6日にシリーズ2作目『倒産続きの彼女』が刊行されている。期間中にシリーズ物が2作出ているなら、最新作のほうに票を入れるのが自然だろう。

現に、2作目の『倒産続きの彼女』のほうには、大変ありがたいことに一次投票で投票してくださった書店員さんたちがいる。すごく嬉しかったし、励みになった。より面白いもの、より上手いものを書けるようになりたいと想いを新たにした。

そんなわけで、冒頭で書いたほど悲しむ必要はないのだが、なにしろ作家として迎える初めての本屋大賞である。「1票も入らない」という衝撃に、頬を張られ茫然としたのである。

だって、逆のことをされたらどう思いますか？

「全国の作家が選んだ　いちばん！　本を置いて欲しい書店」というキャッチフレーズで投票されて、自店に1票も入ってなかったら、めっちゃ悲しいですよね。同グループ内の系列店のほうに票が入っていたからオッケーということでもなく、結果は結果だから仕方ないと思いつつも、悲しいですよね。

票が入っていなくて悲しかったというだけで、誰を恨むわけでもない。ただ、消費される側も人間なのである。全国津々浦々に、同じようにひっそり傷ついている（私はこうして大騒ぎしているわけだが）作家さんたちがいるかもしれない。悲しいけれども仕方ない、ともに耐えよう、という思いで筆を執った。「別にそんなに気にならないわ」という人もいるだろうし、「この程度で傷つくなんて、帆立も甘ちゃんだぜ」と思う人もいるだろうが。

そして読者の皆さん。皆さんの目に入るキラキラした世界の下に、私のような者の屍《しかばね》が転がっているのだ。けれども、死屍累々は気にせず、年に一度のお祭り、楽しんでください。

1年経っても悲しみは消えない。だって、よく知人から「ねえ、本屋大賞っていうのを獲るといいんじゃない？　応募してみたら？」と言われるから……。

本屋大賞も、直木賞も、応募できないんです！

作家は選んでもらうのをひっそりと待つだけ……。

『競争の番人』制作裏話

去る5月11日に新刊『競争の番人』（講談社）が発売された。そして同16日、フジテレビ月曜9時枠でのドラマ化が発表された。一部週刊誌から先行リークがあったものの、皆さん驚いたのではないでしょうか？　何より、原作者の私が一番驚いている。

今は取材依頼が多すぎて、メディア露出を一律お断りしている。ただ、せっかくエッセイ執筆の場を頂いているから、『競争の番人』がどのようにして生まれたか、私の側から少しだけ紹介しようと思う。

事の始まりは、2021年2月。デビュー作『元彼の遺言状』を読んだ編集者から連絡を頂き、講談社を訪ねた。とても緊張していたが、実は講談社を訪れるのは2度目だった。

2019年夏に「小説現代」編集部が主催した「あなたのプロット拝見します！」という企画に、『元彼の遺言状』の原型となるプロットを持ち込んでいたのだ。キャラクターや展開は全く異なるが、遺言状の中身は同じだ。50人ほどの参加者の中で「設定が一番面白い」と褒められたのが嬉しかった。

「でも君の作品はなんとなくポップで、殺人や死の恐怖が迫りくる感じでもないし、江戸川乱歩賞って感じじゃないんだよなあ。これ書き上げたら、メフィスト賞のほうに送ってよ」と第三文芸部の連絡先を頂いた。絶対書き上げよう！　と、やる気が出たのを覚えている。

だが実際に書いてみると、『このミステリーがすごい！』大賞向きの仕上がりになったので、そちらに投稿し、宝島社からのデビューとなった（その節はすみません）。

そういった経緯があったから、デビュー後に「小説現代」編集部から声がかかったのは、とても嬉しかった。あのときの皆さんと一緒に仕事ができるのか、と喜び勇んで出かけて行った。

編集部の皆さんに挨拶した後、当時の編集長から「あっちこっちに手を出して書いていくと、キャリアがぶれてしまうよ。どういう作風で、どういう読者層に届けたいの？」と訊かれた。

「幅広い層に楽しんでもらいたいが、一番は同世代の女性に向けて書いている」と答えたと思う。さらに不遜なことに「女版・池井戸潤さんみたいな、人間ドラマのあるミステリー小説を書きたい」と言ったら、「あはは、大きく出たね」と笑われつつ「でも今、そういうものを書く若手が少ないからいいかもね」とのことだった。

話をしていくなかで、経済小説寄りの企業小説で、アラサー女性が楽しめるものにしようということになり、「できればシリーズ化できて、ドラマになるようなものを」という調子のよいリクエストまで頂いた。そんなにうまくいくのかしらと思っていたが、とんとん拍子に話は進み、実際にドラマ化が決定したのだから不思議なものだ（編集部、良かったですね……！）。

実は、公正な競争について、かなり前から関心があった。

唐突な話だが、私は牛乳が好きだ。小学校の給食の際、牛乳が苦手な子と事前に交渉をして、牛乳を譲り受ける約束をしていたくらいだ。

ところが先生に見つかり、牛乳を取り上げられてしまった。「こんなのは公正ではありません」と言われたのを覚えている。それ以来、牛乳が苦手な子は先生に牛乳を持っていき、欲しい子は手を挙げてじゃんけんをして、牛乳を獲得する仕組みができた。当時私は10歳くらいだったが、非常にモヤモヤした。牛乳が苦手な子を発見し、交渉し、約束するという牛乳獲得コストを私は払っている。そのコストにただ乗りするかたちで教室の仕組みができた。これは本当に公正なのだろうか。

大学に入って、あのときの疑問はなかなか鋭いものだったと再認識するようになった。税金徴収や公共財の配分、新規ビジネスに対する法規制など、いくつもの切り口で考えることができる。未だに答えは出ていない。

法学を学び、弁護士として働き、さらに社会の構成員として暮らしていくうちに、様々な社会問題について考える機会があった。そのなかでいつも思うのは、様々な社会問題は相互に関連し、影響しあっているということだ。

例えば、学校でいじめがある。いじめっ子は家で虐待を受けている。虐待をしている親は会社ではパワハラを受けている。パワハラをしている上司は、厳しい業績競争にさらされている。このようにいくつもの社会問題が数珠《じゅず》つなぎになっており、その原点には厳しい競争社会があるように思える。

競争に敗れた者が、自分より弱い者に対して力をふるう。あるいは勝ち続けている者も、競争にさらされるストレスから周囲に加害する。

それでは、諸悪の根源となっている競争なんて、ないほうがいいのかというと、そういうわけでもない。いくら副作用があっても、競争のある社会のほうが健全で望ましいと信じている。

ただ、競争は公正に行われる必要がある。競争が公正でないと、負けた側もどう矛を収めればいいのか分からない。公正な競争というのは、現代社会にとって非常に重要なインフラだと思う。そしてそのインフラを担保しているのが公正取引委員会という組織である。

上記の理解がもともとあったので、講談社から「経済小説寄りの企業小説で」というお話を頂いたとき、「公正取引委員会を舞台にするのはどうですか」と提案することになった。ただ、公正取引委員会の内部が分かる書籍はほんの数冊しか出ていない。組織のあり方や業務の進め方は謎に包まれていた。伝手をたどって現役職員、OB職員の皆さんに取材させていただき、大変ありがたかった。『競争の番人』というタイトルは、現役職員の方が実際に口にした言葉から取った。公正取引委員会の役割を端的に表した良いフレーズだと思う。

こうして、構想、取材から執筆、改稿、校正と1年がかりで出来上がったのが『競争の番人』という作品だ。

早期にドラマ化のオファーを頂けたのは幸運だった。「月9」2期連続というのは私も驚いたが、「2期連続にしよう」という意図で組まれたわけではなく、『競争の番人』というタイトルや、公正取引委員会という設定が魅力的だったためお声がけいただいたようだ。つまり私の力というより、公正取引委員会という組織自体が持っていた魅力のおかげである。小説やドラマをきっかけに、独占禁止法や公正取引委員会がより広く知られることになれば、とても嬉しい。

ドラマの撮影現場の見学もさせていただいている。例によって脚本は未読だが、『元彼の遺言状』ともテイストの異なる仕上がりになっているらしい。今期のドラマも毎週楽しみに観ているが、来期まで楽しみが続くことになり、ほくほくである。

ちなみに、私は執筆中に頭の中で映像が浮かばないタイプなので、俳優さんへの当て書きはできないのだが、俳優さんの登場シーンを増やそうと喜び勇んで原稿に加筆した。が、編集者に「この部分いらないですよね？」と詰められ、無残にも全カットされた。トホホ……ではあるが、そんな裏話とともに、小説・ドラマともども楽しんでもらえれば何よりです。

2期連続で自分の小説がドラマになって、しみじみ感じたのは、俳優さんたちのすごさだ。同じ脚本でも別の俳優さんが演じたら全然違うキャラクターになるだろう。唯一無二の存在感でキャラクターを体現する俳優という仕事は、表現者として、とても面白いなと思った。

文学フリマに初参加

〆切を、いやこのエッセイの存在をすっかり忘れていた。担当編集者さんに指摘されて「ハッ！」となった。平謝りである。これぞ帆立の詫び状……などと言っていられない。

日本に一時帰国してからというもの、人と会う機会が多く、対人能力とエネルギーを使い果たし、頭がぼんやりしていた。とはいえ人と会うのは好きだし、楽しいこともある。今回は、帰国中、一番楽しかった出来事を紹介しようと思う。

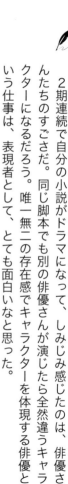

文学フリマ東京への参加である。

過去に、SF創作講座の友人たちと同人誌を作ったことはあるが、海外にいたため販売会場へ行くことはできなかった。今回は、同門（山村教室出身）の女性作家6人で結成した「ケルンの会」というグループで、参加することになった。

そもそも「ケルンの会」とは何なのか。よく訊かれることなのだが、明確な答えはない。

会の名前は、山村教室の名誉塾長である森村誠一先生のお言葉「人生とはケルンの一石である」から取っている。ケルンとは石塚であり、登山道の道しるべである。歴史上、先達たちはケルンの石を積んできた。それを道しるべに今の私たちは生きている。先達の積んだ石に、私たちは一体どんな石を付け足せるのだろうか。

……という、真面目な意味もあるのだが、会を作った理由はひとえに「ノリ」である。

ちょうど同門から女性作家のデビューが重なって、盛り上がったのだ。同門で学んだみんなでつながり、たまに遊び、日々愚痴を交わし、時に相談に乗ってもらい、という感じである。

文学フリマに出ることになったのも、「なんだか楽しそうだから」という理由だ。

実際、まさに大人の文化祭という感じで、とても楽しかった。おそろいのダサTシャツを作り、オリジナルグッズも作った。事前準備からお祭り気分である。

ついに開催日当日。浜松町駅からモノレールに乗って十数分、東京流通センターが会場だ。

浜松町周辺から、すでに「こちら側」の気配がぷんぷんする。「こちら側」というのはつまり、文字を読み、文字を書き、文字に半ば支配されながら生きる同類たちのことである。皆、大きなトートバッグやキャリーケースを手に、同じ方向に向かって歩いている。

久しぶりに穴蔵から出てきたような色白の文化系人間たちが、まぶしい日差しに目を細め、背を丸めながら、しかし足取りだけは軽く、一斉に移動しているのは異様な光景だった。気温は30度近くまで上がり、すっかり夏日である。

朝10時半には会場について、ブースの設営作業を始める。周りを見渡すと、慣れた手つきでどんどん設営作業を進めているグループが多い。初参加の私たちは手間取りながら、1時間以上かけてやっとブースを完成させた。

開場時間の12時になると、人が一斉に入ってきた。外では炎天下のなか、入場待ちの行列ができているらしい。限定3着のオリジナルTシャツはすぐに売り切れた。ブースの前には列ができ、代金の受け渡しやサイン入れの段取りに手間取り、ちょっとしたパニック状態に。周囲のブースの皆さんに謝りながら、なんとか乗り切って、気づいたら2時間近くが経っていた。その後もありがたいことに人足は途絶えることがなかった。周囲のブースを見て回ろうと思っていたが、そんな余裕もないままに終了時刻を迎えた。

慌ただしいイベントの中で、特に印象的な出来事があった。車いすに乗った女性とそのお母様に声をかけていただいたのだ。

「新川先生にお礼を言いたくて来たんです」。涙ぐみながら、丁寧にお話ししてくれた。

その女性は、目が見えにくくなる病気にかかり、「もう本は読めなくなる」と諦めかけた。

だが拙著『元彼の遺言状』の冒頭部分を読み、その続きを読みたいという一心で闘病を頑張ることができたという。

「ありがとうございます。ずっと応援しています」とお声がけいただき、思わず私も泣いてしまった。

作家の仕事は辛いことも多いけど、こんなふうに言ってもらえるなんて、こんなに幸せな職業はないと思った。嬉しくて、しかもかなり驚いていたので、その場でうまく気持ちを伝えられなかった。この場で改めてお礼を言いたい。


人生を変える出来事というと大げさだが、少なくとも、私の職業人生を変える出来事だった。小説を書くのが好きで書いている。他の仕事は全然続かないし、たぶん私は、会社で働けないタイプの人間だ。だから小説を書いて生活費を稼ぐしかない。職業作家の生活は気楽で向いていたが、誰かの役に立つとか、世の中のためになっているとか、考えたことがなかった。読者さんに感謝されるなんて、隕石が落ちてきたような衝撃だった。

実は最近、悩んでいることがあった。

幸いなことにデビュー作『元彼の遺言状』がヒットし、続編も刊行されている。デビュー後、第2シリーズ『競争の番人』の売上も好調だ。そして第1シリーズ、第2シリーズともに映像化が決まっている。商業作家としてはこの上ないスタートで、いわゆる「売れっ子」街道に一歩足を踏み出した状態である。

けれども、そのような状況を好意的に受け取る人ばかりではない。

作品の内容が浅い、軽い、ウケを狙っている、と語られることもある。より文学的で本格的な内容を求む、と言われたこともある。普段本を読まない人たちにリーチできたのは良かったが、反面、古くからの文芸マニアやコアファンの皆様には冷ややかに見られている（ような気がする）。

売れっ子量産作家、映像化常連作家という印象が強くなると、文壇での位置づけも微妙になってくる。これは私個人が受けた印象にすぎないが、将来的な文学賞へのノミネートは遠のいたと感じている。文学賞や文学性とは「別枠の人」というふうに見られがちだ。

出版各社からは「アラサー女性が主人公のお仕事小説で、できれば映像化できるようなものを」というニュアンスの依頼ばかりがくる。原稿の〆切はきつい。もっと時間をかければ、より良い作品ができるかもしれないのに、厳しい刊行スケジュールに沿って、「売れるときに、売れるものを書く」必要がある。結果たしてこれでいいのだろうかと思い悩んでいた。

同時期にデビューした他の作家さんたちは、1年以上かけて練りに練った第2作を出している。内容も、映像化や商業的な狙いを脇に置いた文学的で骨太な力作だったりする。売上よりも大事なものがあるんじゃないのか。文学の価値は作品の売上では測れないし、売上を追うことは文芸の腕を上げることにつながるのだろうか。悩みは尽きなかった。

だが、文学フリマで読者さんたちとお話しさせていただいたことで、悩みが吹き飛んだ。

私の小説は誰かの役に立っている。そういう「誰か」のために、これからも書いていけばいい。文学賞なんて別にいらないなと思った。
他方で、売れ続けることは大切だと知った。売れ続けているというのは、それだけ作品を楽しみにしている読者さんがいるということだ。作者からは読者さんの顔が見えない。だが売上は、読者さんの存在をはっきりと教えてくれる。

現在もそうだが、特に昭和の頃は、売れっ子量産作家が何人もいた。新幹線に乗る前に本を買って、乗車中に読み切り、降りたホームで本を捨てる。そんな読まれ方もしていた。文学賞をとるわけでもなく、文学性を議論されることもなく、大衆に消費されていった作品群を考えると、「それでいいのかな？　作家は悲しくなかったのかな？」と思うこともあった。
だが、それでよかったのだ。というか、それこそが商業作家たちの真摯な在り方なのだと気づかされた。

小説を書くのが楽しくて書いているだけの状態から、読者さんの存在を初めて実感し、きちんと売れ続ける作家でありたいとまで思うようになった。アマチュア気分が抜け、プロの自覚を得るというのはこういうことなのでしょうか（などと書いていると、今さら気づいたのかと先輩作家たちに怒られそうだ）。

他にも、文学フリマにお越しいただいた読者さんたちとのエピソードは色々とある。本当は全て書きたいのだが、さすがに紙幅に収まらないので、胸の内に大切にとどめておく。炎天下のなか、お越しいただいた皆様、温かいお言葉をかけてくださった皆様、一人一人に改めて感謝したい。

新型コロナウイルスが蔓延し、緊急事態宣言が出るなかでデビューした。読者さんと直接会う機会が限られ、自分の小説が誰かに届いているという実感が得にくい状況だった。

文学フリマはとてもいい経験だった。今後も折を見て、出店したいと思っている。

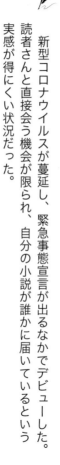

困ったときの神頼み

自分が特に信心深いとも思わないが、神社仏閣は常に身近にあった。

神話の里・宮崎で育ち、実家は宮崎神宮まで歩いて10分ほどのところにある。宮崎神宮は「神武さま」と呼ばれ、初代天皇である神武天皇を祀った格式の高い神社である。そのためか、上京して明治神宮に参拝したとき「なあんだ、神武さまのほうが立派だな」と生意気な感想を抱いたほどだ。

とはいえ、熱心な神道信者というわけでもなく、仏寺にも行くし、クリスマスのお祝いもする。ディズニーランドでイースターのお祭りをしていれば参加するし……という、典型的なミーハー日本人的な信仰スタイルである。

普段それほど神仏を意識しないわりに、困ったとき、ここぞというときに神頼みに走ってしまうのだから、神様側でも呆れていると思う。

例えば、文学新人賞に投稿していた際は、投稿後その足で平将門の首塚に参っていた。戦いに敗れた将門の首は平安京に運ばれ七条河原にさらされていたが、切断された胴体を求めて舞い上がり東方に向かって飛んでいった。その落下地点とされる伝承地が、大手町の「将門塚」である。首塚を壊して何かを建設しようとするたびに多くの怪我人や病人が出たことから、将門の呪いだと言われたりしている。

文学新人賞は戦いであるから、戦いに強い将門にあやかろうと首塚に参拝していたのである。

そして最終選考に残ったと連絡を受けた際には、平将門が祀られている神田明神へと参った。

祈願をすませて鳥居を出ると、神田明神前の坂に占い師のオジサンがいた。「今度「1000円で占うよ」と言うので占ってもらい（占いの結果は忘れた）、「今度文学新人賞の最終選考会があるから、その願掛けをしたんです」と話した。オジサンは江戸川乱歩のファンだそうで、ミステリー系の新人賞だと話すと嬉しそうに破顔した。「それなら大山詣《まい》りに行くといい。あそこが一番効く」という。

そこで私は、最終選考会当日に有休をとり、神奈川県の大山に向かった。大山のふもとにある宿坊で写経をしながら、最終選考会の結果待ちをしていた。駆け込みで徳を積もうとしたのである。

今考えると痛恨のミスなのだが、山奥だったために電波が弱く、編集者から電話を頂いたときに何度も通話が切れてしまう事態に陥った。「どこにいるんですか?」と訊かれ、「宿坊で写経をしています」と答えると「そんな人、聞いたことありません」と笑われたのを覚えている。

数限りなく神頼みをしてきた私だが、実は地元・宮崎にとっておきのパワースポットがある。

えびの市にある金松法然《ほうぜん》という坊さんの墓地である。知る人ぞ知るという感じのアクセスの悪い場所にあるが、効果は抜群(のような気がしている)。

金松法然というのは18世紀の実在の人物だ。どこからともなくやってきて、現在のえびの市栗下地区に棲みついたといわれている。大変な焼酎好きで「ほうのきく」霊験あらたかな坊様である。村人の苦難や危機を何度も救ったり、あるいは自分をイジメてくる青年たちにこっぴどく仕返しをしたり、様々な伝説が残っている。安永6年（1777年）9月23日に往生し、地元住民がその霊位を金松墓地に安置した。

法然様は死の直前に「私が死んだら焼酎を供えて一つの願を立てろ、必ずかなえてやる、一度に二つ以上の願はかなわんぞ、欲ばりはいかんぞ」と言って目を閉じたという。「金松法然」「焼酎法然」「一事さあ」などと呼ばれ、今でも地元民に愛されている。

作家になる前、体調を崩して法律事務所から転職した頃に金松法然社を訪れたことがある。焼酎を供えて、お願いすることは一つ、「作家になれますように」だった。それが叶った一昨年には、願ほどき（お礼参り）に訪れた。

やや狂信的にうつるかもしれないが、神社仏閣で明確な願をかけてそれが叶った場合、可及的速やかに願ほどき（お礼参り）に行かないとバチがあたりかねないと思っている。

社務所の方によると、お礼参りをしたあとに一度境内から出て、再入場すれば再度願をかけてよいそうだ。法然様の遺言によると「一度に立てられる願は一つ」であるから、一つ叶って願ほどきをしたあとは、別途一つだけなら願を立てられるという。

そこで私は新たに「自著累計発行部数100万部突破」をお願いした。デビューは決まったものの、デビュー作発売前の時期だった。どのくらい売れるのか全く未知数で、正直不安だった。だが、コツコツと作品数を重ねていって、何年、何十年と書いていけば、どこかで累計100万部に至るはずだと考えていた。

想像よりもずっと早く、今年の8月末にその願いが叶ったので、先日、お礼参りに行ってきた。スケジュールがパンパンで、ゆっくり帰省する時間は本来ないのだが、神様はこちらの事情など斟酌してはくれない。なんとか時間を作って宮崎に帰り、えびの市に車を走らせた。

お礼参りののち、一度境内から出て再入場し、新たな願掛けもした。何をお願いしたかは秘密だが、何年、あるいは何十年か先に叶うといいなと思う。


突然の腹痛に襲われたときなんかにも、「か、神様、私が何をしたというんですか……」と考えてしまう。たいてい、古くなったものを食べて腹を壊していたり、腹痛には原因があるので、神様にクレームを入れる筋合いはないのだが……。

あとがき

皆様、お疲れ様です。

あとがきまでたどり着いたということは、この本を通読してくださったのでしょうか。あっ、途中は飛ばした？　いいんですよ、面白いところだけ読む。それが読書です。

読者さんに楽しんでもらおうと思って小説を書いています。だからエッセイで自分のことを書くと、「この話、みんな興味あるのかな？　面白い？　大丈夫？」と何度も思ってしまいます。自分は楽しく書いておりますが、皆様は果たして……。

一行でも面白いと思ってくれたら、それが一番嬉しいです。「つまんねー！」と思った方はレビューサイトに「つまんねー！」と書いて、うっぷんを晴らしてください。

個人的には、低評価レビューも嬉しく拝読しています。何よりも、私の文章にお時間を割いてくださったことに感謝しているからです。

編集者各位に謝りながら書いた『帆立の詫び状』、読者さんにも大いに言い訳をして、謝りながら、世に送り出したいと思います。

本書は二〇二一年七月から二〇二二年十月まで
幻冬舎ｐｌｕｓで連載したものに、加筆・修正
し、副題をつけたものです。

幻冬舎文庫

●最新刊
ヘルジャパンを女が自由に楽しく生き延びる方法
アルテイシア

「男と女、どっちがつらい？」そんな不毛な争いはやめて、みんなで家父長制をぶっ壊そう！と元気づける著者による爆笑フェミエッセイ。お笑い芸人・せやろがいおじさんとの特別対談も収録。

●最新刊
昨日のパスタ
小川 糸

ベルリンのアパートを引き払い、日本で暮らした一年は料理三昧の日々でした。味噌や梅干しなどの保存食を作ったり、お鍋を愛でたり。小さな暮らしの中に流れる優しい時間を綴った人気エッセイ。

●最新刊
猫だましい
ハルノ宵子

乳がん、大腿骨骨折による人工股関節、ステージⅣの大腸がん……自身の一筋縄ではいかない闘病と、両親の介護と看取り、数多の猫との出会いと別れ――。いのちについて透徹に綴る名エッセイ。

●最新刊
オタク女子が、4人で暮らしてみたら。
藤谷千明

気の合う仲間と一軒家暮らし。この生活に、沼落ちしました！　お金がない、物が増えていく、将来が不安……そんな思いで始めたアラフォーオタクのルームシェア。ゆるくてリアルな日常エッセイ！

●最新刊
また明日
群 ようこ

同じ小学校で学び、一度はバラバラになってそれぞれの人生を歩んだ五人が、還暦近くになって再会した。会わない間に大人になったところもあり、変わらないところもあり……。心温まる長編小説。

幻冬舎文庫

●最新刊
さよならの良さ
どくだみちゃんとふしばな8
吉本ばなな

「昼休みに、スイカバーを食べたい」「お風呂に入って、汗をかくまで湯船につかろう」思い付きを早く小さく頻繁に叶えると、体や脳が安心する。上機嫌で快適に暮らすコツを惜しみなく紹介。

●好評既刊
みがわり
青山七恵

ファンを名乗る主婦から、亡くなった姉の伝記執筆を依頼された作家の律。姉は生前の姿形が律と瓜二つだったという。伝記を書き進めるうち、依頼主の企みに気づいた律。姉は本当に死んだのか。

●好評既刊
#塚森裕太がログアウトしたら
浅原ナオト

高三のバスケ部エース・塚森裕太が突然「ゲイ」だとSNSでカミングアウトした。周囲は騒然とするが反応は好意的。しかし彼の告白に苦しみ、葛藤する者たちもいた。痛みと希望の青春群像劇。

●好評既刊
もうレシピ本はいらない
人生を救う最強の食卓
稲垣えみ子

冷蔵庫なし・カセットコンロ1台で作る「一汁一菜」のワンパターンご飯は、調理時間10分、一食200円。これが最高にうまいんだ！「今日何食べよう」の悩みから解放される驚きの食生活を公開。

●好評既刊
花嫁のれん
老舗破門
小松江里子

金沢の老舗旅館「かぐらや」の女将・奈緒子は今日も大忙し。ある日、亡き大女将の従姉妹がフランスから帰国し居候を始めた。さらに騒ぎを聞いた本家から呼び出され、破門の危機に……。

幻冬舎文庫

●好評既刊

湯道

小山薫堂

仕事がうまくいかない史朗は、弟が継いでいる実家の「まるきん温泉」を畳んで、一儲けしようと考える。父の葬式にも帰らなかった実家を久しぶりに訪れるが。笑って泣いて心が整う感動の物語。

●好評既刊

麦本三歩の好きなもの 第二集

住野よる

新しい年になり、図書館勤めの麦本三歩にも色んな出会いが訪れた。後輩、お隣さん、合コン相手、そしてひとりの先輩には「ある変化」が——!? 心温まる日常小説シリーズ最新刊。全12話。

●好評既刊

逃亡者

中村文則

不慮の死を遂げた恋人と自分を結ぶトランペットを持ち、逃亡するジャーナリストの山峰。トランペットを追う不穏な者達の狙いは一体何なのか？ 世界が賞賛する中村文学の到達点！

●好評既刊

二人の嘘

一雫ライオン

美貌の女性判事と、謎多き殺人犯。真逆の人生を歩んできた二人が出会った時、彼らの人生が宿命のように交錯する。恋で終われば、この悲劇は起きなかった。感涙のベストセラー、待望の文庫化！

●好評既刊

吹上奇譚 第三話 ざしきわらし

吉本ばなな

吹上町では、不思議な事がたくさん起こる。最近引きこもりの美鈴の部屋に、夜中遊びまわる子どもの霊が現れた。相談を受けたミミは美鈴と共に正体を調べ始める……。スリル満点の哲学ホラー。

帆立《ほたて》の詫《わ》び状《じょう》

てんやわんや編《へん》

新川《しんかわ》帆立《ほたて》

令和5年2月10日　初版発行

発行人――石原正康
編集人――高部真人
発行所――株式会社幻冬舎
〒151-0051東京都渋谷区千駄ヶ谷4-9-7
電話　03(5411)6222(営業)
　　　03(5411)6211(編集)
公式HP　https://www.gentosha.co.jp/
印刷・製本―中央精版印刷株式会社
装丁者――高橋雅之

検印廃止
万一、落丁乱丁のある場合は送料小社負担で
お取替致します。小社宛にお送り下さい。
本書の一部あるいは全部を無断で複写複製することは、
法律で認められた場合を除き、著作権の侵害となります。
定価はカバーに表示してあります。
Printed in Japan © Hotate Shinkawa 2023

幻冬舎文庫

ISBN978-4-344-43269-7　C0195　し-50-1

この本に関するご意見・ご感想は、下記アンケートフォームからお寄せください。
https://www.gentosha.co.jp/e/